AF290499

Oliver Bantle

Wolfs letzter Tag

Ein Lebenskunst-Roman

Oliver Bantle

Wolfs letzter Tag

Ein Lebenskunst-Roman

Tigerbaum Verlag

Für meinen Bruder

Martin Bantle
**† 20. Mai 1963*

für meine Großeltern

Edwine Kull
Willy Bantle

Mathilde Kaiser
Oskar Däggelmann

und für die Dresdner Zwillinge
† Sommer 1992

Fremd bin ich eingezogen,
fremd zieh ich wieder aus.

Winterreise
(Wilhelm Müller)

ERSTER TEIL

Wolf öffnet die Augen. Er reckt sich. Steht
auf. Gähnt. Schüttelt sich den Schlaf aus
dem Fell.

Er weiß, welcher Tag gekommen ist.

Jetzt ist es also soweit, denkt er. *Ab Morgen muss der
Wald ohne mich klarkommen.*

Im Gebüsch nebenan balgen die Enkel.

Er beneidet sie.

Um ihren Lebensbiss.

Um ihre Lust am Fressen.

Um ihre Zukunft.

»Wisst ihr, wo euer Daddy ist?«

»Klaro«, bellen die Kleinen im Chor.

»Bringt ihn zu mir. Rasch!«

»Ay, ay«, grölen sie und sausen davon.

Wolf tappt ums Gebüsch und findet die Fleischreste,
die man ihm hingelegt hat. Appetitlos schnuppert
er daran.

Kurz darauf steht sein Lieblingssohn vor ihm.
Einmal mehr staunt er über dieses Gesicht. Alle
sagen, dass es dem seinen so gleicht. Wolf sieht
darin immer noch den Welpen.

»Schon aufgestanden?«, fragt er.

»Immer um die Zeit«, antwortet Welf.

»Fleißig, fleißig.«

»Du hast nach mir geschickt?«

»Es ist soweit.«

Welf senkt den Blick.

»Bist du sicher?«

»Natürlich bin ich das. Los, ruf die andern!«

Ein Leichtes für den Jungen, seit er das Sagen hat: Einmal scharf gebellt – das Rudel gehorcht.

Ganz der Vater.

Die Meisten dösen noch unter den Bäumen. Die Jagd der vergangenen Nacht hat Kräfte gekostet. Doch man muss folgen, wenn der Leitwolf ruft – so will es das Gesetz. Also erheben sie sich und zotteln los. Schnell spricht sich herum, dass der ehemalige Anführer sich verabschieden wird.

Jetzt blicken sie ihn aus traurigen Augen an.

»Soll ich euch trösten?«, fragt Wolf und hofft, so überspielen zu können, wie verlegen er ist.

Er weiß, worauf sie warten: Er soll eine Rede halten. Eine, über die man noch nach Jahren spricht. Getragen und doch leicht. Witzig, aber mit Tiefgang. Gespickt mit Weisheit. Ohne zu belehren.

»Vergesst es«, brummt er. »Die Predigt fällt aus. Ihr wisst ja: Das Leben ist zu kurz, um es allen recht zu machen. Und heute ist es besonders kurz.«

Man kann dem alten Wolf so manches vorwerfen – nicht aber, je fügsam gewesen zu sein.

Auch in seinen letzten Stunden bleibt er sich treu. Der Meute nach dem Maul zu reden, war nie seine Sache. Doch um den Abschiedsbrauch, den das Rudel seit Generationen pflegt, kommt nicht einmal er herum.

»Vater«, sagt Welf mit fester Stimme, »du weißt, was folgt.«

Er weiß es. Schließlich hat er das Ritual jahrelang geleitet. Trotzdem ist es ihm in den vergangenen Wochen schwer gefallen, sich darauf vorzubereiten. Immer, wenn er seine Gedanken ordnen wollte, sind sie davon gestoben wie Blätter im Wind.

Also hat er das Ganze auf sich zukommen lassen.

Jetzt ist es da.

Welf gibt ein Zeichen. Das Rudel bildet einen Kreis um den Alten.

»Wenn's denn sein muss«, sagt der und zieht eine Grimasse.

Es muss!

Nun darf jeder vor den ehemaligen Boss treten und sich verabschieden. Wie allen vor ihm steht es ihm frei, die Augen zu schließen. Keine Frage: Wolf lässt sie offen. Auch jetzt will er Herr der Lage bleiben.

Wie jedes Mal dauert es ein bisschen, bis sich herausschält, wer beginnt.

Inzwischen ist es still wie sonst nur im Winter.

Nur einer jault: Wilfi.

Der kleinste Enkel.

Sein Augenstern.

Der darf das.

Noch bevor sie sich bewegt, weiß Wolf, dass Natja den Anfang machen wird: Seine älteste und liebste Tochter – eine unspektakuläre Schönheit, die gerne lacht. Sie nähert sich auf leisen Pfoten.

»Gute Reise, Papa«, schluchzt sie und kehrt zu ihrem Platz zurück.

Jetzt löst sich seine Gefährtin aus dem Kreis: Cora mit dem flauschigen Fell. Die Mutter seiner Würfe. Sie beschmiegt ihn, nickt ihm zu und brummt.

Dann erhebt sich Welf, dann, einer nach dem anderen, der Rest des Rudels. Die männlichen Tiere scheuen übermäßige Zärtlichkeit; sie knuffen den Alten nur.

Zu seinem Staunen erweist ihm auch Bardo die Reverenz – sein ehemaliger Freund aus Welpenzeit, den er später im Kampf um die Herrschaft bezwang. Bardo, ein wenig jünger als Wolf, wollte das Rudel bei großen Entscheidungen mitreden lassen. Er verlor, fand aber die Kraft, seine Wut zu bändigen, und fügte sich ohne Murren ein. Er blieb dem neuen Leitwolf sogar treu, als gegen ihn die Meuterei ausgebrütet wurde und das Rudel sich teilte. Trotzdem haben die beiden nie wieder ein Wort miteinander gewechselt.

Bis heute, wo sie sich in Ehren ergraut gegenüber stehen und mustern.

»Bei unserem Tänzchen um die Macht hattest du Glück«, flüstert Bardo – nur für die Ohren des einstigen Freundes bestimmt – »Aber du warst auch der Geschicktere.«

»Du hättest uns eben anders durch die Zeit geführt«, hört Wolf sich zu seiner Verwunderung sagen. »Bestimmt nicht schlechter.«

Jetzt fühlt er sich satt. Aber nicht wie sonst. Normalerweise spürt er es im Bauch. Heute vorne, in der Brust. Doch bevor er die unvertraute Regung genießen kann, schüttelt er sie ab wie ein Insekt.

»War's das?«, fragt er mit einem Lächeln in der Stimme.

»Nein«, antwortet Natja und überrascht damit alle. »Ich habe noch etwas zu sagen.«

Ein Raunen geht durch das Rudel.

»Ich habe geahnt«, fährt sie fort, »dass Wolf keine Rede halten wird. Das ist sein gutes Recht. Deshalb habe ich eine Würdigung für ihn vorbereitet.«

Sie schaut sich nach allen Seiten um, dann redet sie weiter.

»Mein Vater hat in seinem Leben gejagt, was man jagen kann, und erlitten, was man erleiden muss. Er hat sich durch magere Zeiten gebissen und sich in den

fetten einverleibt, was schmeckt. Er hat Irrfährten
entlarvt, Spuren in den Seelen der Seinen hinterlassen und jeden von uns ermuntert, den eigenen Weg
zu finden und beizubehalten. Wolf hat – stets aufs
Neue – den Mut gefunden, dem Grauen ins Auge
zu blicken, ohne zu verbittern. Im Frühling sagte
er einmal zu mir: Das Schlimmste am Alter sind
nicht, wie man immer glaubt, die Zipperlein und
Wehwehchen. Die zehren an der Kraft, und sie rauben
den Schlaf. Beides ist auszuhalten. Das Schlimmste
ist, dass die Freunde von früher verschwunden sind …
Mein Vater hat in den letzten Jahren den Tod derer,
die ihm ans Herz gewachsen sind, mehr gefürchtet
als den eigenen.«

Natja hat laut und beherrscht gesprochen. Wer
sie aber kennt, hat gehört, dass sie am liebsten los-
geheult hätte. Wolf geht auf sie zu; er drückt sein
Gesicht an ihres.
»Danke für deine Worte.«
»Danke, dass du mein Papa bist.«

Das Rudel schleicht davon; Wolf und seine Familie
bleiben zurück. Sie stehen beisammen, und er lässt,
wie es sich gehört, Grüße an Abwesende ausrichten.
Dann leckt er – frei von Weinerlichkeit, wie er es
sich vorgenommen hatte – seinen Enkeln die Nase.
Er möchte ihnen die Angst nehmen, dass sie ihn

vergessen könnten. Den Lieblingsenkel leckt er am längsten.

»Lass dir das Leben schmecken, Wilfi. Es ist dein einziges. Mach ein saftiges draus!«

Welf steht daneben und zieht eine Schnute. »Möchtest du auch geherzt werden wie ein Welpe?«, ulkt Wolf.

Sein Sohn geht nicht darauf ein. Stattdessen fragt er: »Willst du dir das wirklich aufhalsen?«

»Was?«

»Stell dich nicht dumm, Vater. Du weißt, was ich meine. Das ist Wahnsinn in deinem Alter! Das Moor ist weit!«

»Was du nicht sagst.«

Wolf kann das Genörgel nicht mehr hören. Im Sommer hat er verkündet, dass er auf seinem letzten Gang auf eine Rast verzichten wird – sollte er ihn überhaupt antreten und nicht doch noch vom Jäger und von Spaniel aufgespürt werden. Seitdem will ihn jeder davon abbringen. Auch heute.

»Eine Verschnaufpause ist das Mindeste«, mahnt Welf. »Zwei wären besser.«

»Das kannst du so halten, wenn es an dir ist. Ich jedenfalls werde meinen letzten Tag nicht verbummeln.«

»Davon redet doch niemand!«

»Hast du etwa Angst, dass ich vor Erschöpfung zusammenklappe und draufgehe?«

Welf schüttelt den Kopf.

»Und wenn schon«, fährt der Alte fort: »Ich bestimme mein Tempo selber. Basta!«

»Du bist und bleibst ein Sturkopf.«

»Worauf du einen lassen kannst!«

»Darf ich dich wenigstens begleiten?«

»Das ist, wie du als Chef wissen solltest, gegen unsere Sitten.«

»Eine Wanderung ins Moor ist gefährlich. Jedenfalls wenn man alt und schwach ist.«

»Mag sein«, sagt Wolf. »Doch den letzten Gang muss jeder alleine antreten.«

Welf linst ihn an.

»War ja klar, dass du keine Vernunft annimmst.«

»So?«

»Ja. Darum habe ich mit den Raben eine Vereinbarung getroffen.«

Wolf hebt die Stirn.

»Du verkehrst mit Aasfressern?«

»In Ausnahmefällen: Ja. Es ist nicht mehr wie früher.«

»Und was, bitte schön, soll diese Ausnahme sein?«

»Sie haben versprochen, dich in Ruhe ziehen zu lassen. Auch im Moor wirst du ungestört bleiben.«

»Einfach so?«

»Wir haben einen Pakt geschlossen.«

»Mit den Stinkvögeln? Was kriegen sie dafür?«

»Wir werden die Beute mit ihnen teilen. Einen Winter lang.«

»Bist du verrückt?«

»Alle im Rudel sind einverstanden. Wir müssen etwas mehr jagen, dann lässt sich leicht halbe-halbe machen. Wir werden es gerne tun. Für dich.«

»Sie werden euch betrügen!«, stöhnt Wolf. »Sie können nicht anders. Es ist ihre Natur!«

»Die Raben wissen: Wenn sie den Vertrag brechen, herrscht Krieg. Das werden sie vermeiden.«

»Glaubst du.«

»Glaube ich. Sie mögen verschlagen sein. Doch auch sie fressen am liebsten in Frieden. Außerdem haben sie geschworen.«

»Früher hätt's das nicht gegeben.«

»Neue Zeiten bringen eben auch Gutes.«

Der Alte ist des Hickhacks müde; er gibt seinen Widerstand auf.

Dann soll es eben so sein.

Insgeheim ist er erleichtert. Sein letzter Tag wird also geruhsamer verlaufen als befürchtet. Außer den Raben wird sich niemand trauen, einen ausgewachsenen Wolf anzugreifen. Keinen, der lebt. Demnach muss er heute keinen Kampf mehr durchstehen. Bleiben nur noch der Jäger und Spaniel. Warum sollten sie ihn ausgerechnet heute stellen?

»Pass auf dich auf, mein Bester«, sagt Wolf.

Er nickt dem Sohn ein letztes Mal zu und bricht auf. Dorthin, wo alle Tiere des Rudels einmal ziehen, die nicht zuvor ums Leben kommen.

Sicher bin ich nicht der Einzige, der heute Abschied nehmen muss.

Er will sein Ziel vor Mitternacht erreichen. Manche nennen es das Ewige oder gar das Todesmoor. Ihm ist das immer zu blumig gewesen.

Ohne Hader – nach Wolfsart – marschiert er durch den Wald.

Jeder Baum ist ihm vertraut.

Jeder Halm.

Jeder Pilz.

Er folgt dem Bach; der führt weniger Wasser als letzten Sommer. Dann lauscht er.

Die Vögel zwitschern.

Der Wind pfeift.

Der Bach blubbert.

Die Bienen summen.

Die Mäuse piepsen.

Das ganze Getöse eben, das die Welt erfüllt.

Früher, als Halbwüchsiger – er fand noch Gefallen an jeder Art von Lärm – konnte Wolf sich nicht vorstellen, alt zu werden. Geschweige denn, eines Tages verenden zu müssen. Natürlich wusste er um seine Vergänglichkeit. Doch er schob das Wissen beiseite und hegte im Geheimen den Kinderglauben, das Leben würde ihm zuliebe eine Ausnahme machen. Später, der Jugend entkommen, wuchs der Wunsch, beizeiten abzutreten. Wolf wollte, dass ihm Gebrechen und Krankheit erspart blieben.

Die Jahre stürmten vorbei; einem frühen Tod gab er keine Gelegenheit: Stets war er gewiefter als der Jäger und sein Spaniel. Immer schlauer als die Widersacher im Rudel. Kein Schreck schaffte es, ihn aus dem Leben zu reißen. Dann kam das Alter. Es umkreiste ihn wie ein Raubvogel – weit oben und unsichtbar. Plötzlich stürzte es nach unten, packte zu und ließ ihn nicht mehr aus den Fängen.

Noch bis vor wenigen Monaten grübelte Wolf darüber nach, ob er warten sollte, bis der Tod ihn besiegen würde. Das Gefühl der Ohnmacht, das ihn in schlaflosen Nächten überfiel, schmeckte bitter. So zog er in Betracht, die Stunde der unausweichlichen Niederlage selbst zu bestimmen. Er hätte sich nur der Leidenschaft des Jägers bedienen, ihm entgegen preschen und sich in die Schüsse werfen müssen. Damit hätte Wolf dem Tod wenigstens einen kleinen Sieg abgetrotzt. Doch durch eigenes Trachten zu sterben, ist im Rudel verpönt – und nur deshalb nicht verboten, weil man niemanden bestrafen kann, der schon krepiert ist.

Letztlich hat er darauf verzichtet, sich über das Gebot hinwegzusetzen. Noch Generationen später wäre er – ohne, dass einer ahnen würde, welchen Mut ihm das abverlangt hätte – als Feigling erinnert worden. Damit wollte er die Seinen und ihre Nachkommen nicht beschweren.

Jetzt erreicht er die Lichtung. Seine Lichtung!
Wo ihm sein Vater alles beibrachte, was er wissen musste. Wo er sich – Jahre später – auf den Kampf gegen Bardo vorbereitete. Am liebsten erinnert sich Wolf an die Lektionen, die am weitesten zurückliegen. Als er noch nicht wusste, dass er zum Lernen hier war.
»Macht es Spaß, der Boss zu sein, Papa?«
»Manchmal«, antwortete Wulf. »Meistens aber ist es hart und macht Mühe.«
»Wieso? Du kannst doch befehlen, was du willst.«
»Könnte ich. Nur wäre ich da ein schlechter Chef.«
»Werde ich auch einmal der Anführer sein?«
»Willst du das?«
»Klaro!«
»Dann kannst du es werden. Du wirst jedoch viel dafür tun müssen.«
»Aber du bist doch mein Papa.«
»Der Älteste des Leittiers zu sein, reicht längst nicht mehr aus.«

Der kleine Wolf dachte nach und fragte:
»Was muss ein Chef denn können?«
»Alles.«
»Ui. So viel?«
»Ja. Und immer einen Tick besser als die anderen: Am besten kämpfen. Am besten Spuren lesen. Am besten denken. Die Angst am besten aushalten. Am schnellsten rennen. Am besten entscheiden. Am besten reden. Vor allem aber muss der Anführer derjenige sein, der am besten zuhören ...«
»... kein Problem«, unterbrach ihn Wolf, »du musst mir eben alles zeigen. So wie Opa Skoll es dir beigebracht hat.«
»Gern«, sagte der Vater. »Doch bevor wir anfangen, musst du unbedingt etwas wissen.«
Er holte Luft.
»Selbst wenn du eines Tages alle Wettbewerbe und Kämpfe gewinnst: Am Ende wirst du etwas benötigen, was du nicht erzwingen kannst. Weder mit Willen, noch mit Kraft.«
»Und was?«
»Das Einverständnis der anderen.«
»Der anderen?«
»Ja. Ohne ihre Unterstützung kann keiner Oberhaupt sein. Nicht auf Dauer. Das war bei Opa Skoll so. Und bei mir ist es dasselbe. Selbst heute bin ich Tag für Tag auf die anderen angewiesen.«

Wolf nickte, obwohl er nur einen Bruchteil verstand. Dann fragte er:

»Was machst du, damit du ihre Erlaubnis bekommst?«

»Gute Frage! Ich erinnere mich daran, wessen Zustimmung die wichtigste ist.«

»Und welche ist das?«

»Meine eigene.«

»Deine eigene?«

»Exakt. Zuallererst muss ich mir selbst gestatten, den anderen den Weg zu weisen. Jeden Tag aufs Neue. Dann – nur dann – folgen sie mir.«

»Wieso nur dann?«

»Das Rudel muss sich in jeder Lage sicher fühlen. Spüren, dass es sich auf den Leitwolf verlassen kann. Nehme ich mich ernst, tun es die anderen auch. Wenn ich mir nicht vertraue, weckt das ihr Misstrauen. Das Rudel kann riechen, wie ich mit mir umgehe. Genau so geht es dann auch mit mir um.«

»Ganz schön knifflig.«

»Es ist einfacher, als man denkt, und mit der Zeit habe ich Übung bekommen: Respektiere ich mich, begegnet man mir mit Respekt. Bin ich ehrlich zu mir, sind es die anderen auch – so gut sie das eben können. Wenn ich mir aber selbst misstraue, kriegen sie es mit der Angst zu tun. Sie kommen auf dumme Gedanken und suchen sich einen Neuen, der sie führt.«

Vater und Sohn trafen sich ein Jahr lang jeden Tag auf der Lichtung. An einem sonnigen Herbstmorgen sagte Wulf:

»Heute will ich dir ein wichtiges Gesetz erklären.«
Wolf spitzte die Ohren.
»Du machst im Wald die Gesetze, Papa – oder?«
Wulf lächelte in sich hinein.
»Da wäre ich wohl überfordert. Nein, die wichtigen Regeln macht das Leben. Ich sorge nur dafür, dass bei uns alles halbwegs im Lot bleibt. Das Gesetz, um das es heute geht, kennen nur wenige. Es lautet so: Wem das Leben eine Aufgabe stellt, dem schenkt es auch die Kraft, die er dafür benötigt. Immer! Ganz gleich, wie schwer diese Aufgabe ist.«

Wolf war enttäuscht. Er hatte Aufregenderes erwartet.
»Wieso weiß das fast keiner?«
»Weil sich die Meisten vom Zweifel lähmen lassen.«
»Vom Zweifel?«
»Er wird gern unterschätzt. Dabei ist er gierig wie ein Rabe. Ganz gleich, wie viel Hoffnung nachwächst: Ehe man sich versieht, frisst der Zweifel sie wieder auf.«

Wolf wackelte mit dem Kopf, weil er abstrus fand, was er da hörte.
»Die Meisten«, sprach der Vater weiter, »ahnen, wie viel Kraft sie brauchen werden, um ihr Schicksal

zu bewältigen. Aber sie bezweifeln, dass sie rechtzeitig da sein wird. Doch das ist sie! Immer! Nur haben viele – wenn die besagte Kraft kommt – ihre Hoffnung darauf bereits aufgegeben. Verscharrt wie eine abgenagte Rippe und vergessen, wo. Und weißt du, warum?«

Wolf schüttelte den Kopf.

»Weil sie einen grundlegenden Fehler machen: Sie rechnen zu früh damit.«

Der Welpe dachte nach, kam aber auf keinen grünen Zweig.

»Also, das kapier ich nicht. Wieso zu früh?«

Wulf freute sich über die Wissbegier des Kleinen.

»Das Leben«, holte er aus, »hat es wunderbar eingerichtet: Die Kraft, um die es geht, kommt stets dann, wenn sie benötigt wird. Oftmals: erst dann.«

»Und wo liegt das Problem?«

»Die Meisten glauben, sie müsste bereits da sein, wenn sie von der Aufgabe erfahren. Sie denken immerzu daran, wie viel Kraft sie demnächst brauchen werden. Sie suchen nach ihr und vermissen sie. Und warum? Genau: Weil sie noch nicht da ist! Ein Leckerbissen für den Zweifel. Wenn sie dann kommt, ist manch einer bereits so verzweifelt und geschwächt, dass er sie weder erkennen, noch ihr vertrauen kann.«

Wulf blickte seinem Sohn in die Augen.

»Bitte, denk immer daran: Gib nie zu früh auf! Jetzt genehmigen wir uns ein Päuschen.«

Wolf tollte umher. Als es dämmerte, fiel ihm etwas ein, das er unlängst von seinen Großeltern gelernt hatte. Rasch rannte er zur Lichtung.
»Papa! Weißt du, wer diese komische Kraft schickt?«
Wulf stellte den Schwanz auf.
»Das Leben, nehme ich an. Aber eigentlich ist es mir wurscht. Hauptsache sie ist pünktlich.«
Wolf warf ihm einen erschrockenen Blick zu.
»Also, Opa Skoll sagt: Alles kommt von der Großen Wölfin.«
Wulf schnaufte hörbar.
»Nun – vorausgesetzt, es gibt sie.«
»Glaubst du etwa nicht an sie?«
Wulf schnaufte erneut.
»Ich glaube weder, dass es sie gibt – noch, dass es sie nicht gibt. Beides ist möglich. Über eines habe ich immerhin Gewissheit: Manchmal hilft es mir, wenn ich so tue, als ob es sie gäbe.«
Wolf blinkerte erstaunt.
»Du tust so?«
»Ja. Zuweilen stelle ich mir vor, dass eine solche Herrscherin existiert.«
»Wann?«

»Etwa wenn es Streit im Rudel gibt. Ich muss oft entscheiden, was das Richtige ist, und manchmal fällt mir das schwer. Dann ziehe ich mich hierher zurück und male mir aus, wie eine Große Wölfin über das Universum wacht. Obwohl sich das seltsam anfühlt und obwohl ich fraglich finde, dass mir jemand zuhört, bitte ich sie um Rat. Merkwürdigerweise weiß ich danach oft, was zu tun ist.«

»Oma Hilde sagt: Wer nicht an die Große Wölfin glaubt, muss sterben.«

»Das ist sicher richtig.«

Wolfs Gesicht hellte sich auf.

»Du glaubst also doch, dass es sie gibt ...?«

»Jeder muss sterben, Schatz. Egal, was er glaubt.«

Der Junge fühlte sich unverstanden.

»Oma Hilde meint es so: Man kommt nach dem Tod in den Himmel und lebt dort bei der Großen Wölfin weiter. Aber nur, wenn man vorher an sie geglaubt hat.«

»Wir werden sehen.«

»Wenn es zu spät ist«, rief Wolf, denn er war um das Heil seines Vaters besorgt. »Ich will dich im Himmel treffen! Ich fänd's blöd, wenn du fehlst.«

Wulf schmunzelte und beruhigte seinen Sohn: »Weißt du, falls diese Große Wölfin wirklich existiert, ist sie sicher großzügig und lässt alle in ihren Himmel. Sogar mich.«

»Und wenn alles nur erfunden ist?«

Der Vater seufzte.

»Dann wartet am Ende des Lebens nur das Nichts auf uns«.

»So ein Quatsch!«, meinte Wolf vorlaut.

»Quatsch?«

»Denk doch mal nach, Papa: Das Nichts kann nicht warten!«

Sie lächelten einander an.

»Hast du denn keine Angst vor dem Tod?«, flüsterte der Kleine, dem fast die Augen zufielen.

»Über die Angst, mein müder Krieger«, sagte der Große, »über die Angst sprechen wir ein andermal.«

Wolf lässt die Lichtung hinter sich. Schleicht aus dem Wald. Blickt nach allen Seiten. Marschiert über die Ebene. Jetzt erinnert er sich daran, wie sehr er seinen Vater in den letzten Jahren vermisst hat. Nicht erst, seit der ins Moor gezogen ist, schon lange vorher. Die großen und kleinen Sorgen, die einen Anführer plagen, haben Wolfs Zeit aufgefressen. Zwar hat er den Alten so gut wie jeden Tag gesehen, aber sie haben nur noch selten miteinander gesprochen. Und dann über Alltagskram:

Das Futter

Das Wetter.

Das Rudel.

Am Kornfeld zuckt er zusammen: Vor ihm prangt das falsche Menschentier. Es bewegt sich nie von allein, nur bei Wind. Auch heute ist er darauf reingefallen.

Ein Rascheln.

Er fährt herum.

Neben ihm steht ein Schafbock und gafft.

»Bist du verrückt?«, herrscht er ihn an. »Oder willst du zerfleischt werden?«

»Mach keinen Wind«, blökt der Bock. »Wir wissen beide, dass du mir nichts mehr anhaben kannst. Und dein Rudel ist weit weg.«

Wolf macht ein grimmiges Gesicht.

»Lebst du im Revier?«, knurrt er. »Oder irgendwo draußen?«

»Na hier.«

»Schon lang?«

»Seit Geburt.«

»Unmöglich!«

»Ich bin fast jeden Tag mindestens einmal auf der Wiese. Außer im Winter.«

»Mit deiner Herde?«

»Manchmal besuch ich sie. Bin eher ein Einzelgänger.«

»Ich hab dich hier noch nie gesehen.«

»Hab mich eben gut versteckt. Heute muss ich das nicht.«

Wolf stutzt.

»Willst du dich für irgendwas rächen? Hab ich etwa Verwandte von dir gerissen?«

Der Bock senkt die Hörner – und hebt sie wieder. »Rache liegt meiner Natur fern. Außerdem bist du der Großvater von Wilfi.«

Wolf blickt erstaunt.

»Du kennst ihn?«

»Sicher. Er spielt gerne mit meiner Enkelin. So wie du dich einst mit meinem Opa angefreundet hast, als er noch ein Lämmchen war. Vorausgesetzt, es stimmt, was man sich in der Herde erzählt ...«

Wolf wühlt in seinem Gedächtnis. Als Welpe hat er tatsächlich mit einem Lämmchen gespielt, es mit der Zeit aber aus den Augen verloren. So wie seine Freundin, die kleine Füchsin – und alle anderen, die nicht im Rudel lebten.

»Du willst mich also verhöhnen«, wettert er. »Nur zu!«

»Ich will mit dir sprechen.«

»Du kennst mich doch gar nicht!«

»Genau aus diesem Grund. Ich will einen wie dich endlich mal was fragen.«

»Einen wie mich?«

»Jemanden, der jagt!«

Absicht oder nicht: Die wenigen Worte genügen, um den alten Knochen Eitelkeit auszubuddeln. Tief muss Wolf nicht graben.

»Warum gerade von mir?«

»Nichts Persönliches«, blökt der Bock und schickt ein unerwartet kräftiges Lachen hinterher. »Als ich dich da durch das Feld zockeln sah, wusste ich: Das ist meine Chance.«

»Wieso?«

»Man riecht von Weitem, dass deine Zeit bald vorbei ist. Du bist keine Gefahr mehr.«

»Komm zur Sache!«

Jetzt ist das Wolltier doch etwas eingeschüchtert. Es schluckt und fragt leise:

»Wie ist das, wenn man Beute macht?«

»Wie das ist?«

»Na, ist es ein Dürfen oder ein Müssen?«

»*Hä*?«

»Mein Futter steht ja nur rum. Ewig langweiliges Gras. Selbst wenn die Halme es wollten: Sie können nicht weglaufen. Hab ich sie erst mal entdeckt, ist alles ein Klacks. Du hingegen musst aufspüren. Jagen, treiben ...«

Wolf ist sichtlich enttäuscht.

»Das ist es, was du wissen willst?«

»Na ja, es gehört dazu.«

»Wozu?«

Der Bock zögert; schließlich ringt er sich durch.

»Wie ... wie ist es, wenn man tötet?«

»Wie das ist? Was meinst du damit?«

»Läuft dir ein Schauder über den Rücken? Macht es dich froh? Oder ist es gewöhnlich? Fühlst du dich danach schlecht?«

»Schlecht?«, schnappt Wolf nach dem letzten Wort. »Nicht, dass ich wüsste. Warum auch?«

»Ich hatte eine Freundin«, sagt der Schafsbock. »Eine Henne. Wild und abenteuerlustig.«

»Hühnchen haben zartes Fleisch.«

»Darum geht es jetzt nicht. Ich hab's versucht ...«

»Was?«

»Sie zu töten.«

»Wen?«

»Von wem reden wir denn gerade?«

»Die Henne? Ich denk, ihr seid euch nah gestanden.«

»Sind wir auch.«

»Seltsame Vorstellung von Freundschaft.«

Der Bock lächelt gequält.

»Sie war beim Jäger eingesperrt. Lange sogar. Konnte eines Tages aber fliehen. Leider erwischte sie der fiese Spaniel.«

»Tja.«

»Er erträgt es nicht, wenn andere frei sind. Er hat ihr in die Flügel gebissen! So arg, dass sie gebrochen sind.«

»Autsch.«

»Dann ist er abgehauen. Hat sie einfach liegen lassen. Schwer verletzt. Mit grausamen Schmerzen.«

Wolf ahnt mittlerweile, um was es geht und sagt: »Noch lange kein Grund, jemanden umzubringen, oder? Ich töte nur, wenn ich Hunger habe.«

Jetzt weint der Bock beinahe.

»Sie hat mich darum gebeten. Wollte, dass ich ihr den Hals durchbeiße und sie erlöse. Ein kräftiger Biss hätte wohl genügt. Ich hab immer wieder angesetzt, es aber nie geschafft. Bin eben zu feige. Sie hat sicher bereut, dass sie auf mich gezählt hat. Und aus eurem Rudel war auch keiner in der Nähe. Wenn man euch *ein*mal braucht ...«

»Werd nicht frech!«, muffelt Wolf. »Erzähl lieber, wie's weiter ging!«

»Ich musste hilflos zusehen, wie sie litt. Abends ist sie dann gestorben. Das Letzte, was sie erlebt hat, ist diese Folter gewesen.«

Wolf will gerade etwas sagen, da verabschiedet sich der Bock: »Danke fürs Zuhören. Ich hab noch mit keinem darüber reden können. Alles Gute.«

Blökt und läuft davon.

»Hey! Wart doch mal!«, ruft Wolf.

Ohne Erfolg.

Er ächzt und setzt sich wieder in Bewegung. Keucht über die Wiese. Gelangt an das Wäldchen, in dem er groß geworden ist. Saugt den vertrauten Geruch ein. *Wie lange bin nicht mehr hier gewesen?*

Gern würde er im Schatten ruhen. Doch Prinzip ist Prinzip. Wolf wäre nicht er selbst, wenn er einknicken und seines über den Haufen werfen würde.

Ausgerechnet heute!

Er stößt ins Innere des Wäldchens, steht vor den Gehölzen seiner Kindheit. Freude rieselt ihm durchs Blut. Der Bau unter den Wurzeln, in dem ihn Ronja gebar. Die Büsche, in denen er sich versteckte. Wo seine Mutter ihn erst nach langer und aufregender Suche finden durfte.

Einen Moment lang denkt er an alle Wölfe, die heute in ihrer Heimat vorbeischauen dürfen.

Sein Herz hüpft.

Doch dann fallen ihm die Welpen seines Jahrgangs ein: So gut wie alle ins Moor gewandert. Oder von Spaniel aufgerieben und vom Jäger zur Strecke gebracht. Am stärksten denkt er an Ylvi – an wen sonst? Seine Cousine, die Sommer wie Winter mit ihm umher tollte. Die Einzige, die ihn mit ihren Zähnen in den Nacken piksen durfte. Nächtelang konnte er kaum schlafen, vor Lust auf den nächsten Tag mit ihr.

Der Klang ihrer Stimme.

»Ach Wölfchen.«

Jedes Wort eine Kostbarkeit.

Sogar wenn sie biestig wurde.

Sogar wenn sie ihn verhöhnte.

Sie hänselte jeden – und ihn am meisten. Doch je mehr sie heranwuchs, desto weniger geizte sie mit ihren Reizen. Sie posierte. Neckte. Verunsicherte ihn.

Ihr Augenaufschlag.

Ihre ironischen Blicke.

Erst wenn er aufgegeben hatte, darauf zu hoffen, schenkte sie ihm – manchmal – wonach er sich verzehrte: ihr Lächeln. Ein Zauber, der selbst ausgewachsene Männchen um den Verstand bringen konnte. Wolf hasste die Rüden, in deren Blicken sie badete.

Sie behielt ihr verspieltes Naturell bei. Schon allein deshalb hätte er sie gerne zur Gefährtin genommen. Dann kam der Frühling, den er nie vergessen sollte: Ylvi zog einen Fremdling vor.

Diesen Rick.

Großmäulig.

Arrogant.

Zwei Jahre älter und aus dem Gebirge.

Erst verfiel sie seinem Charme, bald darauf seinen Verführungskünsten. Obwohl sie ihn erst wenige Tage kannte, verließ sie das Rudel an seiner Seite.

»Ich will mit ihm alt werden«, hauchte sie.

»Das ist er doch schon«, grantelte Wolf.

Als sie weg war, versuchte er, sie sich aus dem Herzen zu reißen.

Vergebens.

Ronja ging der Schmerz ihres Sohnes besonders unter das Fell.

»Du musst sie loslassen«, riet sie ihm.

»Was heißt das?«, kläffte er zurück.

»Lass Ylvi ihr Los.«

»Lass du mir gefälligst meins!«

An seiner ersten echten Niederlage hatte Wolf zu kauen wie an einem Saurierknochen. Er suhlte sich in dem Glauben, der Einzige auf der Welt zu sein, dem solch großes Liebesleid widerfuhr.

Ronja sah seine Qualen, verlor aber vorerst kein weiteres Wort darüber. In den ersten Wintertagen hielt sie es nicht mehr aus; sie bat ihn um eine Unterredung.

»Sönnchen« – so durfte ihn nur seine Mutter nennen, und nie, wenn andere in der Nähe waren – »Sönnchen, ich kenne dich am längsten. Darum muss ich dich auf etwas hinweisen, wofür du offenbar blind bist.«

»Auf was? Sag schon!«

»Seit deine Ylvi fort ist, hat sich dein Blick in die Welt verändert.«

»Aha. Und wie?«

»Er ist fest auf das Missliche gerichtet.«

»Auf das Missliche?«

»Auf das, was dir misslingt. Was dich stört. Was dir unangenehm ist.«

»Na und?«

»Je länger man auf das Negative starrt, desto mehr davon sieht man. Du weißt doch, was geschieht, wenn du das zu ausgedehnt tust, oder?«

Er hasste, wenn sie so fragte.

»Nein, keine Ahnung.«

»Es schlägt dir aufs Gemüt. Du verlierst das Gute und das Schöne aus den Augen. Vergisst mit der Zeit, dass es überhaupt existiert. Am Ende wirst du schwermütig. So sind wir Wölfe: Was wir sehen, fühlen wir stärker als das, was wir übersehen.«

Er grunzte abfällig.

»Deiner Meinung nach soll ich also ausblenden, was schief läuft?«

Ronja lachte.

»Nein, das wäre dumm. Du könntest aber auch das andere zur Kenntnis nehmen: Was dir gelingt. Was dir Spaß macht. Was dir zupass kommt. Was dir schmeckt. Was deine Lebenslust ausmacht.«

»Meine Lebenslust, ha! Dass ich nicht lache. Alles in allem ist dieser Genuss in unserem Wald doch recht mager. Schal. Geschmacklos wie Wasserflöhe.«

Ronja schaute ihn betreten an.

»Offenbar hast du etwas Entscheidendes vergessen.«

»So? Was denn?«

»Ist die Freude am Leben zu mager, muss man sie mästen.«

»Was faselst du da? Ich soll sie *mästen*?«

»Stärken! Sättigen! Pflegen! Ja! So wie es dir dein Vater beigebracht hat.«

Wolf fand beim besten Willen keine passende Erinnerung. Ronja versuchte, ihm auf die Sprünge zu helfen:

»Damals auf der Lichtung. Als du klein warst.«

»Sorry, keinen Schimmer, was du meinst.«

»Ich probier's mal so«, sagte sie: »Weißt du, was ich gemacht habe, als du auf die Welt kamst?«

»Was wohl? Du hast mich gesäugt, damit ich satt werde. Geleckt, damit ich sauber bleibe. Geknuddelt, damit ich mich willkommen fühle.«

»Stimmt. Aber ich meine was anderes. Etwas Unsichtbares.«

»Nämlich?«

»Ich habe an alle Wölfinnen gedacht, die zur selben Zeit wie ich Junge bekommen haben. Überall auf der Welt.«

»Worauf willst du hinaus?«

»Weißt du es wirklich nicht? Unfassbar! Mein Mutterglück wuchs, je mehr Mamawölfe mit Babys ich mir vorstellte. So habe ich meine Lebensfreude gemästet! Ich kann's einfach nicht glauben, dass dein Vater bei deiner Ausbildung etwas von solcher Tragweite vergessen haben soll. Da muss ich wohl mal ein ernstes Wörtchen mit ihm reden.«

»Lass nur«, sagte Wolf, dem endlich dämmerte, was gemeint war. »Etwas in der Art hat er mir tatsächlich einmal gezeigt ...«

Ein Jahr nach Ylvis Fortgang wurde er in die Gemeinschaft der Jagenden aufgenommen. Im Herbst des darauffolgenden Jahres gab Wulf die Leitung des Rudels ab; Wolf besiegte Bardo und übernahm. Zwei Sommer später wurde er das erste Mal Vater.

Mit der Zeit verwand er sogar den Verlust von Ylvi – das Stechen in seinem Herzen ließ nach. Trotzdem musste er wieder und wieder an sie denken.

Liebend gerne hätte er sie noch einmal getroffen.

Über früher geplaudert.

Ihr erwachsen in die Augen geschaut.

Manchmal fragte er sich, was sie wohl getan hätte, wenn sie seine Zukunft als Leitwolf gekannt hätte.

Wäre sie hier geblieben?

Hätte sie mich doch genommen?

Den alten Angeber in die Berge zurückgejagt?

Statt Ylvi ging Cora mit ihm durchs Leben, und sie war das Beste, was ihm passieren konnte.

Cora, die Verlässliche.

Cora, die Tiefgründige.

Cora mit dem großen Herzen.

Während der Jugend beachtete er sie kaum; er hielt sie für langweilig und gewöhnlich. Erst als Leitwolf fiel sie ihm auf; sie war eine begabte Jägerin. Seine Gunst aber gewann sie während der Meuterei, da sie keinen Zweifel daran ließ, auf welcher Seite sie stand.

Die beiden näherten sich einander an, wurden vertraut und lernten sich lieben. Sie wurden gemeinsam Eltern, später sogar Großeltern. Cora war eine treue Gefährtin, die Wolf in schweren Zeiten den Rücken freihielt, ohne zu klagen. Sie konnte auf leichte Weise damit umgehen, dass er in Liebesdingen ungeschickt war – jedenfalls solange es ums Reden ging. Darüber hinaus leitete sie das Rudel mit ihm gemeinsam, ohne dass das je nach außen sichtbar wurde. Richtete ihn oft im Stillen auf. Führte die anderen mit ihm durch die Überraschungen, die das Leben bereithielt.

Sie leckte Wolfs Wunden und weckte ihn aus seinen Alpträumen, die erst im hohen Alter ihre Schrecken verloren. Wenn er nicht mehr einschlafen konnte, tröstete sie ihn bis Sonnenaufgang mit ihrer Nähe.

Wolf musste manchmal die Streitereien anderer Paare schlichten. Erst nach vielen Jahren im gemeinsamen Nachtlager erfasste er, was für eine Ausnahme-Wölfin seine Cora ist: Sie zickt nur selten und nie lange.

Und sie würde sich eher die Zunge abbeißen, als ein unwahres Wort von sich geben.

Kurzum: ein Juwel.

Die Zeit wehte dahin, mal stürmisch, mal sanft, und Wolf ertappte sich immer häufiger bei einem Tagtraum, von dem keiner wissen durfte: Wie wären seine Kinder wohl mit Ylvi als Mutter geraten? Doch sie blieb seinem Leben fern, und er sollte als einer der Letzten erfahren, wann und wie ihres endete. Schließlich fand er sich damit ab, ihr nie mehr zu begegnen. Denn an die Große Wölfin zu glauben, an einen Wald im Jenseits, in dem man seine Liebsten wieder trifft und wo das Leben weitergeht, diesmal unbeschwert: Das war ihm nur als Welpe vergönnt. Obwohl es ihm auch später durchaus bekömmlich gewesen wäre.

Gegen Mittag kommt er zur Höhle. Hier hat er Ylvi das letzte Mal gesehen. Heute liegt die alte Bärin vor dem Eingang und erwartet ihn.

»Ist es wahr, räudiger Stinker, was man im Wald flüstert?«

»Was flüstert man denn?«

»Angeblich hat dein Sohn einen Pakt geschlossen. Mit den Raben.«

»Woher willst du das wissen?«

»Es stimmt also …?«

»Frag ihn selbst, wenn du dich traust. Wie kommst du überhaupt auf diesen Bullshit?«

»Es liegt doch auf der Tatze: Die Aasvögel lassen dich in Ruhe. Obwohl du ein leichtes Opfer bist, Alter. Vornehme Zurückhaltung ist sonst nicht ihre Art. Es sei denn, der mächtige Welf, Herrscher der Wälder und Wiesen, will seinem gebrechlichen Vater den Abgang erleichtern. Weißt du, was die Spatzen noch von den Tannen pfeifen?«

»Was?«

»Dass der einsame Wolf ohne Rast ins Moor wandern will. Wie bescheuert ist das denn? Schau dich doch an: Du hast grade mal die Hälfte des Weges hinter dir. Und schon bist du abgekämpft. Wohl Schiss, dass du unterwegs einschläfst? Klar, das könnten die Würmer und Käfer missverstehen und dich anknabbern.«

Wolf konnte Bären noch nie leiden. Sie sind tapsig und haben etwas Verschlagenes. Ganz gleich, was sie anstellen, immer finden sie einen, der sie in Schutz nimmt. Nur, weil sie kuschelig aussehen und angeblich Schlauköpfe sind.

Sicher müssen sich heute viele mit einem Ekeltier rumplagen.

Wenn er könnte, würde er jetzt zuschnappen. In die Nase. Da tut's am meisten weh.

Doch ihm fehlt die Kraft.

»Du raubst mir meine Zeit«, knarzt er.

»Ist da jemand schlecht drauf?«, stichelt die Bärin. »So ein Tag verhagelt einem bestimmt die Laune. Dein letzter, nicht wahr? Da fällt dir doch sicher eine Menge ein, was du versäumt hast, oder?«

»Warum hast du mir aufgelauert?«

»Aufgelauert? Wer denkt denn so was? Ich vertreibe mir die Zeit. Ein gefallenes Oberhaupt, kurz bevor es verendet, trifft man schließlich nicht alle Tage. Großes Drama. Davon kann ich noch meinen Urenkeln erzählen. Die werden kichern, wenn sie hören, wie der einstige Gebieter des Waldes dem Sterben entgegen gezittert hat.«

Wolf setzt gerade an, etwas Derbes zu erwidern, da springt Welf hinter einem Felsen hervor und bellt die Bärin an:

»Noch ein Wort und ich mach Blutmatsch aus dir!«

Sie schnellt hoch. Wirft giftige Blicke. Flüchtet hinter einen Baum.

»Na warte«, faucht sie. »Das merk ich mir!«

»Tu das!«, entgegnet Welf. »Erzähl's auch deinen hässlichen Kindern. Und deinen missratenen Enkeln. Damit sie wissen, warum sie eine wunde Fresse kriegen, wenn sie demnächst einem von uns begegnen.«

Die Bärin flucht etwas Unverständliches und rennt davon.

Wolf funkelt seinen Sohn an.

»Bist doch noch bei Trost? Verfolgst du mich etwa schon die ganze Zeit?«

»Mir ist wohler so.«

»*Wohler*«, ahmt Wolf ihn nach. »Du weißt doch: Das Gegenteil von gut ist gut gemeint. Ich brauch keinen Beschützer!«

Welf hebt den Schwanz.

»Im Rudel sieht man das anders.«

»So, im Rudel.«

»Nach deinem Aufbruch haben wir Rat gehalten. Die Mehrheit ist dafür gewesen, dass ich hinter dir her marschiere und dich im Auge behalte.«

»Da siehst du, was für ein Mist rauskommt, wenn alle mitreden dürfen.«

»Ich wär dir auch so gefolgt.«

»Weshalb? Misstraust du deinen neuen Freunden in der Luft etwa?«

»Den Raben? Nein, die halten sich an unsere Absprache. Ich habe ein Unbehagen gespürt.«

»Ach, ein Unbehagen. Man muss nicht jede Blähung ernst nehmen!«

»Immerhin hab ich richtig gelegen. Oder wollte die Bärin dir gerade ein Ständchen singen? Außerdem bist du selbst schuld. Schließlich hast du mich gelehrt, auf meine Ahnungen zu achten und meinem Gefühl zu vertrauen.«

»Ich soll dir das beigebracht haben?«

»Damals auf unserer Lichtung.«

»Da hast du etwas falsch verstanden! Es war nie die Rede davon, deinen Vater zum Gespött zu machen! Glaubst du im Ernst, ich wäre nicht allein mit der Braunen fertig geworden?«

»Bestimmt wärst du das«, versucht Welf ihn zu besänftigen. »Ich wollte nur verhindern, dass dir ein dahergelaufener Kotzbrocken deinen letzten Tag vermiest.«

»Ha! Dafür erzählt man sich bald überall die Geschichte von Wolf, dem Hasenherz. Alle werden über mich lachen.«

»Niemand wird das. Sie ist eine Bärin. Keiner glaubt ihr. Außer vielleicht die dummen Frösche. Bären verbreiten seit jeher Lügen und sonstigen Dreck. Über uns und über andere. So sind sie eben. Jeder im Wald weiß das.«

Wolf schnaubt einige Male.

»Du hast das Rudel allein gelassen. Wer führt es?«

»Natja. Sie vertritt mich bestens.«

»Natja? Auch eine deiner Neuerungen. Das ist keine Aufgabe für eine Wölfin!«

»Glaubst du etwa, sie kann das nicht?«

»Selbstverständlich kann sie das. Schon vergessen: Sie ist nicht nur deine Schwester, sondern auch meine Tochter. Es geht um was anderes.«

»Um was?«

»Das weißt du genau. Ein Rudel zu führen, ist gefährlicher denn je. Auch wenn wir nur von ein paar Stunden reden. So eine Aufgabe sollten ausschließlich Rüden übernehmen. Wir müssen die Weibchen schützen!«

»Das galt früher einmal. Die Zeiten haben sich geändert.«

»Nur weil etwas früher richtig war, muss es heute nicht falsch sein!«

»Lass uns nicht streiten, Vater. Bitte. Du hast auf deine Weise geführt. Ich tue es auf meine.«

Wolf bereut, dass er damit angefangen hat. Er weiß, wie sinnlos es ist, mit den Jungen zu diskutieren. Sie sind von dem Wahn befallen, alles besser zu wissen – und wollen stets das letzte Wort haben.

War ich auch mal so? fragt er sich, schiebt den Gedanken aber wieder zur Seite.

»Ja, ja. Und jetzt leb wohl! Ab nach Hause mit dir! Wehe, du läufst mir weiter nach!«

Wolf trottet los und mault vor sich hin. Er ärgert sich – abwechselnd über die Bärin, über seinen Sohn und über sich selbst. Am meisten wurmt ihn, dass ihm kein versöhnlicher Abschied gelungen ist. Die letzten Sätze an Welf: Wieder einmal haben sie strenger geklungen, als sie gemeint waren.

Er grummelt, bis er einsieht, was er schon tausende von Malen eingesehen und ebenso oft vergessen hat: Nicht einmal der größte Ärger kann ändern, was bereits geschehen ist.

Er nimmt den Pfad zur Schlucht. Ob er will oder nicht – hier fallen ihm die Wirren zu Beginn seiner Herrschaft ein.

Der Aufruhr.

Das Zerwürfnis.

Die Nacht, in der sich das Rudel spaltete.

Hinter dem großen Eingangsfelsen sind die Abtrünnigen damals verschwunden.

Was ist wohl aus ihnen geworden?

Schuld an dem Desaster jener Tage war – aus seiner Sicht – die Große Wölfin.

Als Welpe hatte er viel über sie zu hören bekommen.

Über ihre Größe.

Über ihre Kraft.

Über ihre Freude am Erfinden von Tieren, von Pflanzen, dem Regen, der Sonne und allem anderen. Aber auch über ihre Stimmungswechsel und ihren Jähzorn. In den Ohren des erwachsenen Wolfs hörte sich das alles nur noch an wie eine Geschichte, die man den Welpen zum Einschlafen erzählt. Ein Märchen eben – wie das vom Rotkäppchen, von Romulus und Remus, von Mogli oder von Isegrim.

Wolf hatte noch nicht lange das Sagen, da glaubte er schon, das Leben habe ausschließlich nach seinem Plan zu verlaufen. Niemand sollte stärker und maßgeblicher sein als er. Darum verbot er, was während der Herrschaft seines Vaters noch erlaubt war: Sich bei Vollmond auf der Lichtung zu treffen, um *okkulte Weihen* – wie Wolf es nannte – zu Ehren der Großen Wölfin abzuhalten.

Allein dass diese allwissende Macht ein Weibchen sein sollte, war ihm ein Dorn im Auge. Um so mehr, als jeder Gläubige sie darum bat, nur ihr Wille möge geschehen.

Als gäbe es keinen Leitwolf!
»Firlefanz!«, schimpfte er seinerzeit. »Einer Jagdgemeinschaft unwürdig. Das dulde ich in meinem Rudel nicht.«

Einzelne begehrten auf und übergingen seine Anordnung. Unter ihnen Lupus, Ylvis Zwillingsbruder. Nahezu das gleiche Gesicht wie sie. Im Nachhinein wusste Wolf, was er falsch gemacht hatte: Er hätte den Aufsässigen gleich anfangs übers Maul fahren sollen. Vielleicht hätte er einen oder zwei wegbeißen müssen. Die meisten aber hätten bleiben dürfen. Sie hätten lediglich ihre Ränge verloren und sich zu den Alten, Kranken und Welpen gesellen müssen.

Doch Wolf zögerte – er war noch unerfahren im Herrschen. Er malte sich aus, wie Ylvi in den

Bergen eines Tages von den Auseinandersetzungen erfahren würde – und von seiner Haltung. Ylvi, die unerschütterlich an die Existenz der Großen Wölfin glaubte.

Der Konflikt spitzte sich zu, und bald gab es zwei verfeindete Lager. Auf dem Höhepunkt der Krise rief Lupus dazu auf, Wolfs Befehle zu ignorieren, ihn zu verbannen und einen neuen Führer zu bestimmen. Alles lief auf einen blutigen Kampf hinaus, an dessen Ende es nur Verlierer geben konnte.

Wolf scharte die Treuen um sich und vergewisserte sich ihrer Loyalität. Am Abend vor der geplanten Schlacht besprach er sich mit dem erfahrensten Tier des Waldes – der Eule.

Sie sagte:
»Es gibt Probleme, die man nur lösen kann, indem man sich von ihnen löst.«

Noch in der Nacht stellte er die Verräter vor die Wahl:
»Verzichtet auf eure Rituale, dann dürft ihr bleiben. Andernfalls müsst ihr das Rudel verlassen.«

Lupus und seine Anhänger brachen im Morgengrauen auf. Wolf und alle, die blieben – darunter auch Bardo – begleiteten die Abtrünnigen bis zur Talenge und riefen ihnen unflätige Worte hinterher. Es sollte drei Sommer dauern, bis Gras über die Sache gewachsen war.

Jetzt, ein halbes Leben später, durchquert er selbst die Schlucht.

Zum ersten, zum letzten Mal.

Es riecht sogar anders als bei uns.

Vorsichtig tritt er über das Gestein.

Nur nicht abrutschen.

Die Schlucht war ihm noch nie geheuer.

Die Grenze des Reviers.

Hier beginnt die Fremde.

Als Einjähriger musste er – wie alle in seinem Alter – eine Mutprobe bestehen: Bei Dämmerung ein paar Meter in die Schlucht trippeln. Allein! Kaum drinnen fröstelte er, denn er fürchtete sich vor dem Bösen Schatten. Einem Ungeheuer, das sich in jedes beliebige Tier verwandeln konnte. Es soll die Urwölfe aus ihren Urhöhlen vertrieben haben und seitdem die Schlucht belagern. Der Böse Schatten war der erbittertste Feind der Großen Wölfin. Nur sie konnte ihn besiegen; jeder andere musste ihm aus dem Weg gehen. Denn er verschlang alle, die in sein Reich eindrangen – und besonders gerne magere Wolfswelpen. Das zumindest behauptete Großmutter Hilde, die ihren Enkeln an eisigen Winterabenden vom Bösen Schatten erzählte.

»Wisst ihr, wer er wirklich ist?«

Die Kleinen wussten es längst und brüllten:

»Der Schatten der Großen Wölfin.«

»Genau!«, hob die alte Hilde an. »Der schwärzeste und gewaltigste Schatten der Welt. Als die Große Wölfin das Leben schuf, war er mit Vielem nicht einverstanden. An allem suchte und fand er etwas Schlechtes. Insbesondere als sie sich die Urwölfe ausdachte. Darum stellte sie ihm frei zu gehen, und er löste sich von ihr. Seitdem treibt er sein Unwesen. Er sät Hass, Neid und Zwietracht. Und wehe, zarte Welpen kreuzen seinen Weg: Er verschluckt sie am Stück, ohne zu kauen ...«

»Warum tötet die Große Wölfin den Schatten nicht einfach?«, fragte der kleine Wolf einmal.

»Das weiß nur sie allein«, gab Oma Hilde zur Antwort. »Vielleicht ist er unsterblich. So wie sie.«

Zwischen den Felswänden ist es duster. Wolf schleppt sich vorwärts. Manchmal wird ihm so schwindlig, dass er halten muss. Nun überquert er eine Geröllhalde. Bedächtig setzt er eine Pfote vor die andere, damit sich keine Steine lösen. Auf einmal kommen die Raben angeflattert.

»Wer hat Angst vorm bösen Wolf?«, krakeelen sie und lassen sich vor ihm nieder. »Wer hat Angst vorm bösen Wolf?«

Raben äußern sich nur im Schwarm, nie einzeln. *Andere müssen heut auch gegen Aasfresser kämpfen,* denkt er und schreit:

»War ja klar! Ich hab's gewusst!«

»Waaas?«, ruft der Rabenchor. »Waaas?«

»Ihr wollt Welf betrügen! Ihn und das Rudel.«

»Woll'n wir? Woll'n wir?«

»Sicher! Im Revier habt ihr euch nicht getraut. Darum wollt ihr mich hier in Stücke hacken – und im Winter trotzdem die Hälfte der Beute einheimsen.«

»Hört, hört«, kreischen die Raben und kichern.

Er macht sich bereit.

»Greift ruhig an! Ich zerbeiße alle Flügel, die ich zwischen die Zähne krieg. Denkt daran: Welf wird mich rächen, wenn er von eurem Verrat erfährt.«

»Wenn das Wörtchen wenn nicht wär«, johlt die eine Hälfte der Raben. »Wenn das Wörtchen wenn nicht wär.«

Und die anderen plärren:

»Wär das Leben niemals schwer – Wär das Leben niemals schwer.«

»Spaßvögel!«, donnert Wolf.

»Wir hamm Vertrag! Wir hamm Vertrag!«

»So? Ihr seid also nur zum Vergnügen da?«

»Appetit holen! Appetit holen! Lecker, lecker Vorgeschmack!«

»Wieso Vorgeschmack?«

»Bald kommt Bardo – Bald kommt Bardo. Dein Freund! Dein Freund!«

»Wir sind keine Freunde. Längst nicht mehr.«

»Schmeckt uns trotzdem«, kreischen die Raben.
»Schmeckt uns trotzdem.«
Dann fliegen sie davon.
»Bye-Bye böser Wolf. Bye-Bye.«

Er geht weiter, und ihm wird klar, wie Recht sie haben. Bardo wird wohl der Nächste sein, der das Rudel verlässt.
Ungeschützt.
Wolf hätte sich gerne noch einmal mit ihm ausgetauscht. Doch keiner der beiden hat einen Anfang hingekriegt. In letzter Zeit hat er oft geträumt, wie sie zusammen spielen. Obwohl sie im Traum schon richtig alte Säcke gewesen sind, haben sie miteinander getobt wie Welpen. Beim Aufwachen, noch im Halbschlaf, hat er sich riesig gefreut. Richtig wach geworden, hätte er heulen können.

Die Schlucht ist größer, als er sein Lebtag angenommen hat. Kaum hat er das Geröll überwunden, muss er sich durch Wurzelwerk schlagen. Aus einem Gebüsch piepst es; er steckt die Schnauze hinein.
Vor ihm sitzt eine Maus.
Zittert.
Kneift die Augen zu.
»Was ist denn mit dir?«

Keine Reaktion.

»Bist du taub?«

Sie schüttelt den Kopf.

»Stumm?«

Wieder Kopfschütteln.

»Was hast du hier überhaupt verloren? Antworte, wenn ich dich was frag!«

»Ich ... ich ... äh ...«

»Und hör auf zu stottern, ich hab nicht ewig Zeit. Jetzt schau mich gefälligst an, wenn ich mit dir rede!«

Die Maus öffnet die Augen.

»Hab ...«, flüstert sie. »... hab mich verlaufen.«

»Tja, das gibt es«, murmelt er. »Da musst du halt den Heimweg suchen. Los, kratz die Kurve.«

Sie bleibt wo sie ist. Bibbert stärker als vorher.

»Hast du nicht gehört? Abmarsch! Zackzack!«

»Kann nicht.«

»Bist du festgewachsen?«

»Hab Angst.«

Wolf stutzt. Dann fängt er an zu lachen.

»Ach so! Ich dachte immer, Mäuse rennen davon, wenn sie Bammel haben. Nie schnell genug, aber immerhin. Heute, an meinem letzten Tag, lerne ich noch dazu: Ihr seid gelähmt, wenn ihr das Fell so richtig voll habt.«

»Das hättest du an meiner Stelle auch«, piepst sie.

»Aha«, sagt er. »Hätte ich also. Bislang konnte ich nie eine von euch fragen – aber wo du schon mal da bist: Stimmt es eigentlich, dass ihr ständig pinkelt?«

»Woher weißt du das?«

»Hat mir mal ein Fuchs erzählt.«

»Und wenn schon?«

Sie stolpert aus dem Gebüsch. Atmet tief ein. Nimmt all ihren Mausemut zusammen.

»Gut, gleich wirst du mich fressen. Das ist dann eben so. Vorher aber will ich noch was loswerden.«

»Ah, das wird sicher spannend«, macht er sich lustig.

»Ich wäre gern wie du.«

Er glaubt, sich verhört zu haben.

»Wie meinst du das?«

»Dass ich auch gern ein Wolf wäre. Jetzt beiß endlich zu ...«

Er kriegt vor Lachen kaum Luft.

»Sieh an«, sagt er, als er wieder sprechen kann. »Das Mäuschen ist größenwahnsinnig. Jetzt beruhig dich mal: Ich fresse nämlich niemanden mehr. So sehr ich das bedaure. Nicht einmal einen Snack. Warum willst du ausgerechnet ein Wolf sein?«

»Warum wohl? Dann müsste ich keine mehr Angst haben. Nie wieder!«

Er zieht die Lefzen hoch.

»Wie kommst du auf diesen Schwachsinn?«

»Schwachsinn? Wölfe sind mutig und stark ...«

»... stimmt ...«

»... und sie fürchten sich nie.«

»Wer sagt das?«

»Na alle. Mein Papa. Meine Mama. Mein Bruder.
Mein Halbbruder. Meine Oma. Meine Nichte.
Meine Schwester.«

»Die müssen es ja wissen.«

»Ist es denn falsch?«

»Natürlich ist es das! Zugegeben, Wölfe sind mutig – die meisten auch stark. Doch sie haben genau
soviel Angst wie alle anderen.«

»Auch ein Leitwolf?«

»Sogar der.«

»Man merkt es euch aber nie an.«

»Wie auch? Ihr lauft ja immer gleich weg und kreischt
wie am Spieß.«

  Sie übergeht seinen Spott.

»Wölfe sind größer als Mäuse«, sagt sie tapfer. »Da
kann sich die Angst eben besser verteilen.«

»Ach?! Glaubst du, eure Furcht ist schlimmer, weil
ihr so winzig seid?«

»M-hm.«

»Meinst du das in echt?«

»M-hm.«

»Lass mich raten: Das hast du auch von deinen
Verwandten?«

»M-hm.«

»Da bist du ja nur so von Genies umgeben. Mal im Ernst: Hat dir keiner von denen beigebracht, wie man die Angst kleinkriegt?«

»Nein«, piepst sie und dreht das Köpfchen. »Geht das denn?«

»Klar geht das. Bei uns lernen das schon die Welpen. Noch bevor sie richtig kauen können.«

Die Maus denkt nach. Dann fragt sie:

»Könntest du denn so tun, als wär ich eins?«

»Ein was?«

»Na ein Wolfsbaby!«

»Hä? Willst du etwa adoptiert werden?«

»Adopowas?«

»Schon gut«, brummt er. »Was genau soll ich machen?«

Sie lächelt unsicher.

»Mir zeigen, wie ich die Angst kleinkriege.«

Er räuspert sich.

»Kein so günstiger Tag.«

»Morgen ging's auch«, piepst sie eilig. »Meinetwegen auch übermorgen.«

»Da ist es eindeutig zu spät. Dann nehm ich mir halt jetzt die Zeit.«

Wolf würde es zwar nie zugeben, aber die Bitte der kleinen Nagerin kommt ihm entgegen: Keine richtige Rast, trotzdem die Gelegenheit, ein wenig zu verschnaufen.

Außerdem kann er wider Erwarten noch einmal zeigen, was er drauf hat. Erst vor wenigen Monaten hat er das letzte Mal jemanden darin unterrichtet, wie man die Furcht erträgt. Noch im Frühling stand er mit Wilfi auf der Lichtung. Dort brachte er dem Enkelchen bei, was er selbst einmal als Welpe von Papa Wulf gelernt und später an Welf und Natja weitergegeben hatte.

Die List, die bei allen Arten von Ungemach wirkt.

Bei Leid.

Bei Hunger.

Bei Kälte.

Bei Schmerz.

Sogar bei Zorn, wenn er aus Versehen zu groß wird.

»Hast du noch Angst vor mir?«

»Und wie«, piepst die Maus.

»Das ist gut.«

»Gut?«

»Ja, nur so klappt es. Also: Wie viele Mäuse gibt es auf der Welt?«

»Keine Ahnung.«

»Dann schätzen wir halt: etwa sieben Milliarden.«

»So viele?«

»Vielleicht auch acht. Jedenfalls mehr als genug. Und warum? Weil ihr tagein, tagaus mausen müsst. Jetzt denk an alle, die in diesem Augenblick irgendwo vor einem Wolf stehen und bibbern.«

»Ähm, wie soll das gehen? Ich kenn doch gar nicht alle.«

»Musst du auch nicht. Denk einfach an sie. Mal dir in deinem Mauseköpfchen haarklein aus, wie sie jetzt Aug in Aug mit unsereins schlottern.«

»Spinnst du? Da geht's mir gleich noch schlechter.«

»Halt die Klappe und probier's! Ich pass hier schon auf, dass dir niemand was tut. Also, denk an sie! Sieben tausend sind das mindestens.«

»So viele?«, fragt sie erneut.

»Sicher. Euch gibt es überall, wir finden euch überall. Ihr seid viele, wir sind viele. Und?«

»Was und?«

»Denkst du fest an sie?«

»Ja doch!«

»Wenn du die Augen zumachst, geht's besser.«

»Damit du mich in Ruhe verputzen kannst.«

»Dummes Mausemädchen! Glaubst du, es würde mir was ausmachen, beim Fressen angeschaut zu werden? Los, stell dir genau vor, wie sich die kleinen Pisser fürchten!«

»Oh, das kann ich bestens. Sie tun mir alle so leid. Ich mir aber auch. Jetzt schäm ich mich aber ...«

»Wieso?«

»Es ist doch bäh!«

»Was?«

»Wenn man sich selbst leid tut.«

»Sagt wer?«

»Meine Eltern.«

»Ah, die Intelligenzbestien. Hör mal: Es geht hier um Güte! Und um Mitgefühl! Beides wird oft mit Selbstmitleid verwechselt. Es ist absolut in Ordnung, 6999 fremde Mäuse in ihrem Leid zu bedauern. Und prima, wenn du mit dir selbst mitempfindest ... Hast du noch Angst?«

Sie lauscht in sich hinein.

»Ein bisschen.«

»Ein bisschen ist nie das Problem. Mehr oder weniger als vorhin?«

»Viel weniger.«

»Noch gelähmt?«

»Nöö. Ich glaub, wenn ich wollte, könnt ich jetzt davonflitzen.«

»Siehst du, das ist der Dreh: Das Schlimme an der Angst ist gar nicht sie selbst. Sondern der Irrglaube, dass man mit ihr allein ist. Leider weit verbreitet. Alle Mäuse vor einem Wolf, einer Katze, einer Wildsau und einem Adler meinen dasselbe: Dass außer ihnen niemand auf der Welt in einer derart mulmigen Lage steckt. Genug jetzt, ich muss los. Noch eine Frage?«

»Ja.«

»Mach schnell.«

»Darf ich den Trick weitersagen?«

»Sicher.«

»Auch meinen Eltern?«

»Gerade denen. Und deinen Geschwistern, Halb-
geschwistern, Großeltern. Deiner ganzen Familie
und wem immer du willst. Alle dürfen wissen, wie
man die Angst schrumpft. Aber kein Wort darüber,
von wem du das hast! Immerhin hab ich einen Ruf
zu verlieren.«

»Geht klar«, piepst die Maus. »Dankeschön!«

Wolf rappelt sich auf. Steigt über Äste. Schindet sich
durch Dornengestrüpp. Schließlich erreicht er den
Ausgang der Schlucht. Vor seinen Augen breitet sich
ein See aus. Soviel Wasser hat er noch nie gesehen.
Die Wellen glitzern in der Nachmittagssonne. Er
muss blinzeln. Stakst ans Ufer. Ein paar Schritte
in den See. Löscht seinen Durst.

»Welch Ehre!«, tönt es von hinten. »Der große
Meister lässt sich zu einer Aufwartung herab.«

Wolf dreht sich um. Stiert den Artgenossen an.
Macht sich kampfbereit. Dann erst kapiert er, wer
ihn da anstänkert.

»Bist du das, Lupus? Meine Güte bist du alt geworden.«

»Das sagt der Richtige. Wie abgemagert kommst
du denn daher? Sind euch drüben die Schafe aus-
gegangen?«

»Das Leben hinterlässt seine Spuren«, antwortet Wolf. »Vor allem in seinem Spätherbst. Keine Jagd mehr, kein Appetit. Aber das weißt du sicher selbst. Was treibst du eigentlich in dieser Gegend?«

»Was wohl? Willkommen in meiner neuen Heimat! Du stolzierst mitten durch unser Revier!«

Wolf lacht auf.

»Hierher habt ihr euch also verzogen? Da seid ihr ja weit gekommen damals. Gratuliere ...«

»Hier ist es genau so gut wie drüben«, entgegnet Lupus. »Übrigens: Ich bin halbwegs im Bilde, wie's bei euch weitergegangen ist.«

»Ach? Woher?«

»Von den anderen aus dem alten Rudel. Alle, die ins Moor ziehen, kommen bei uns vorbei.«

»Du hast also gewusst, dass ich hier aufkreuzen würde?«

»Sagen wir: gehofft. Hätte ja auch noch was dazwischen kommen können. Gute Gelegenheit jedenfalls, sich noch mal in die Augen zu schauen. Findest du nicht auch?«

Wolf schiebt den Unterkiefer nach vorne und knurrt: »Da also läuft der Hase lang. Du willst Vergeltung üben. Na dann üb mal schön. Ein Zucken und ich spring dir an die Kehle. Dafür reicht's noch!«

Lupus schüttelt ungläubig den Kopf.

»Ach Wolf. Du hast noch immer nichts begriffen.

Wahrscheinlich würde ich es nicht einmal über mich bringen, dich zu töten, wenn ich das wollte.«

»Dann willst du dich also für die Meuterei entschuldigen? Bisschen spät, oder?«

»Derselbe Stinkmolch wie eh und je. Trotzdem freu ich mich, dich zu sehen. Es gibt da etwas, was ich dir schon lange sagen möchte.«

Wolf watet aus dem Wasser.

»Ich hab keine Zeit mehr zu verschenken. Wenn du also noch was zu klären hast, musst du dich schon ein Stück mit mir bequemen.«

Lupus grinst.

»Du hast doch nur Angst, dich zu verlaufen. Brauchst einen, der sich hier auskennt.«

Sie spazieren am Ufer entlang und schweigen. Wolf würde gerne langsamer machen, doch eine Bitte kommt ihm nicht über die Lippen.

»Also, schieß los!«

»Nun, ich will mich bei dir bedanken.«

Wolf zieht geräuschvoll Luft ein.

»Willst du mich verscheißern? Für was denn bedanken?«

»Dafür, dass es bei unserem Knatsch keine Verletzten gegeben hat. Ich hätte es damals nie zugegeben: Alles in allem hast du das Dilemma, in das wir uns alle verrannt hatten, recht brauchbar gelöst.«

»Hört, hört.«

»Ja. Du hast verhindert, dass sich ein ganzes Rudel zerfleischt. Kluges Kerlchen.«

Wolf forscht in seinen Gesichtszügen, um herauszufinden, wie ernst das Lob gemeint ist.

»Noch etwas ...«, setzt Lupus an.

»Was kommt jetzt?«

»Ich fand’s immer schade, dass das Techtelmechtel zwischen Ylvi und dir geplatzt ist. Ich nehm an, du hast von ihrem schmerzhaften Tod gehört ...?«

»Ja«, antwortet Wolf. »Man hat mir aber erst Monate danach davon erzählt. Ich wollt’s nicht glauben, wie das passiert ist.«

»Schrecklich, oder? Das würde man doch seinem schlimmsten Feind nicht wünschen.«

»Dem schon«, murmelt Wolf. »Wann hast du davon erfahren?«

»Erfahren ist gut«, sagt Lupus. »Ich bin dabei gewesen! Keine zwanzig Meter entfernt. Hab alles mitansehen müssen. Manchmal träume ich heut noch davon.«

Es dauert, bis Wolf begreift.

»Das heißt ja ... hat Ylvi denn bei euch gelebt? Hier am See?«

»Klar. Wir kamen damals aus der Schlucht gerannt, hatten noch eure netten Abschiedsworte im Ohr – da trafen wir auf mein Schwesterherz.«

»Sie war allein? Und der Schönling? Dieser Bergsepp – wie hieß er gleich noch?«

»Du weißt es genau! Ja, Rick war ebenfalls hier. Zusammen mit Ylvi.«

In Wolf wacht eine Erinnerung auf: Seine Jugendliebe beißt ihn lustvoll ins Ohr. Strahlt ihn an, als gäbe es nur ihn auf der Welt. Dann aber schiebt sich eine neue Fantasie darüber: Jetzt tummelt sich Ylvi verliebt mit Prahlschwanz Rick im See.

Wolf schlackert mit den Lefzen; die Bilder flüchten.

»Es war einfach praktisch«, sagt Lupus. »Wir haben uns alle zusammengetan.«

»Ah. So bist du also doch noch Leitwolf geworden.«

»Nein, ich bin kein Alphatier. Nie gewesen. Rick wurde es. Nach Ylvis Unfall ist er dann abgetreten.«

»Wieso das?«

»Er hat sich Vorwürfe gemacht. Ich habe ihn danach nie mehr lachen sehen; er ist gebrochen ins Moor gewandert. Ich weiß, es ist unschön, das zu sagen – aber richtig leiden konnte ich ihn nie. Ein Freund der Großen Wölfin war er auch nicht. Immerhin hat er die gewähren lassen, die an sie glauben.«

Wolf ignoriert den Seitenhieb.

»Wer führt euch jetzt?«

»Inzwischen Toni. Taff. Fähig. Geistesklar.«

»Kenn ich seine Eltern?«

»Toni ist eine sie. Meine Nichte. Ylvis Tochter.«

Wolf seufzt.

»Die neue Zeit macht wohl nirgends halt.«

»Der Lauf der Dinge. Es gibt Tragischeres.«

Lupus hält an und stupst seinen früheren Chef.

»Jetzt darfst du wieder allein weiter. Zum Moor geht's einfach dem Ufer lang. Bis zum Ameisenhaufen. Dort in den Hain abbiegen und immer geradeaus, bis du das Schilf siehst. Dann bist du fast da. Mach's gut, Alter.«

»Selber«, nuschelt Wolf. »Weißt du übrigens, was ich dir hoch anrechne?«

»Was?«

»Dass du dir heute verkniffen hast, mich bekehren zu wollen.«

»Warum sollte ich auch?«

»Es gibt wohl kaum einen besseren Zeitpunkt, oder? Es laufen bestimmt genug Schlappschwänze herum, die kurz vor dem Ende einknicken und zur Sicherheit noch ein bisschen frömmeln. Nur für den Fall, dass es deine Große Wölfin doch geben sollte.«

»Sie ist auch deine. Und sie ruft dich gerade zu sich.«

»Ich hör nix. Sei jedenfalls nicht allzu enttäuscht, wenn du nach dem Tod nicht mehr aufwachst.«

»Ha ha, wie lustig. Kannst du wirklich ganz ohne Hoffnung auf ein Jenseits leben?«

»Muss ich ja nicht mehr lange. Weißt du: Ich verachte Zärtlinge, die diesen Trost brauchen.«

»Sag bloß«, gluckst Lupus. »Jetzt schleich dich!
Alles Gute.«

Die Sonne verliert ihren Biss; sie lässt die Schatten
lang werden. Wolf zuckelt vorwärts. Er muss ständig
zum See blicken.
Hier hat sie bestimmt oft gebadet. Mit ihm!
Die Eule kommt angeflogen. Sie ist außer Atem
und setzt sich auf einen Baumstumpf.
»Guten Tag«, keucht sie. »Schön, dass ich dich noch
erwische.«
»Auch schon wach?«, brummt Wolf und hält.
Er ist froh, sie zu sehen, tarnt es aber mit einem
Grinsen. Als er es bemerkt, kommt er sich kindisch
vor. Wenn jemand der Wahrheit unerschrocken
begegnet, dann sie. Im Rudel hat keiner ein offenes
Ohr, wenn es ums Sterben geht. Selbst die Greise
leugnen es bis zuletzt. Seit die Eule ihn während der
Meuterei beraten hat, weiß er: Man kann ihr alles
anvertrauen. Keiner muss fürchten, sein Gesicht zu
verlieren – ganz gleich, wie verletzlich man sich zeigt.
»Hast du Welf unterwegs gesehen?«, fragt er.
»Ja, er ist allein in Richtung Rudel gelaufen. Müsste
inzwischen dort sein. Wie's aussieht hat er dich bis
zur Bärenhöhle begleitet.«
»Wie's aussieht«, wiederholt Wolf ungnädig. »Hin-
terrücks gefolgt ist er mir.«

»Die Jugend ist eigenwillig«, meint die Eule. »Allesamt. Meine Brut macht mir auch noch immer Sorgen – obwohl alle längst erwachsen sind.«

»Warum bist du mir nachgeflogen?«

»Ich will mich von dir verabschieden.«

»Das ist nett.«

»Außerdem möchte ich was von dir wissen.«

»Wie fast jeder heute«, sagt er und macht eine Fratze.

»Ich hab nur eine kleine Frage. Bitte überleg einen Moment, bevor du antwortest.«

»Du meinst: ausnahmsweise?«

»Ich wollt's nur gesagt haben. Es geht darum: Was wäre, wenn du dein Leben verlängern könntest? Würdest du es tun?«

Er schnaubt.

»Frag mich am besten morgen noch mal.«

»Scherzwurm.«

»Warum kommst du ausgerechnet heute damit? Du hättest mich doch jahrelang löchern können.«

»Jede Frage hat ihre Zeit. Also: Würdest du? Ja oder nein? Und wenn ja: Um wie lange? Ein Jahr? Zwei Jahre? Fünf ...?«

»Ich fänd's schön«, sagt Wolf nach einer Weile, »wenn ich noch mitbekommen würde, was aus dem naseweisen Wilfi wird. Doch bei Licht besehen, ist es wohl richtig, dass nun alles sein Ende findet. Besser wird's sowieso nicht mehr. Mein Leben war

satt, und ich bin noch ausreichend bei Kräften, um
ins Moor zu ziehen. Das hat was für sich.«
»Das heißt?«
»Das heißt: Nein, ich würde meine Zeit nicht aus-
dehnen. Was interessiert dich das überhaupt?«
»Ich frag mich das eben seit langem.«
»Du vergeudest deine Zeit damit, darüber nach-
zudenken, was ich tun würde?«
Sie spreizt ihre Flügel als wolle sie ihn tadeln.
»Ich grüble darüber, ob *ich* noch länger hier sein
möchte. Darum spreche ich seit Jahren mit allen,
die sich zum Sterben zurückziehen.«
»Und? Was haben die anderen gesagt?«
»Ist vertraulich. Doch viele haben es ähnlich gese-
hen wie du. Jetzt Dankeschön für deine Auskunft.
Mach's gut, alter Wolf.«
»Hier geblieben! So kommst du mir nicht davon.
Wenn wir schon dabei sind, habe ich ebenfalls eine
Frage.«
»Nur zu.«
»Was glaubst du? Ist danach wirklich alles vorüber?«
Sie kratzt mit einer Kralle am Baumstumpf und
sucht nach den richtigen Worten.
»Der Tod ist das tiefste Geheimnis, das wir kennen.
Vielleicht das tiefste, das es gibt. Es ist gut, wenn
das so bleibt.«

»Gut? Wieso?«

»Wenn es zum Nutzen des Lebens wäre, dass wir Genaueres wissen, wüssten wir Genaueres. Ich für meinen Teil halte es sogar für möglich, dass wir dem Tod seit jeher unrecht tun.«

»*Unrecht?*«

Ihre Augen leuchten.

»Wie ist es für dich, wenn du einen Hasen erlegst oder einen Hirsch zur Strecke bringst?«

Wolf lächelt müde. Eine ähnliche Frage hat er heute schon mal gehört.

»Das ist, wie du dir denken kannst, schon eine Weile her.«

»Und früher?«, bohrt sie nach. »Was hast du da gedacht?«

»Meistens gar nichts.«

»Und wenn doch?«

»Hab ich mich satt gefressen und es mir schmecken lassen.«

»Hast du deine Opfer je bedauert?«

Er runzelt die Stirn.

»Weiß nicht. Manchmal hat es mich erleichtert, dass ich es war, der weiterleben durfte.«

»Da haben wir's. Die Meisten betrachten den Tod als ihren Feind. Alle Welt gibt sich überzeugt, dass er schlechter ist als das Leben.«

»Natürlich.«

»Es könnte doch auch sein, dass wir unserer Beute einen Dienst erweisen.«

»Einen *Dienst*? Bist du verrückt geworden?«

»Du weißt nie, welches Leid du deinen Opfern ersparst. Welches Leid und welchen Schmerz.«

»Aber ... willst du denn bestreiten, dass das Leben ein großes Geschenk ist?«

»Nein«, antwortet die Eule. »Das will wohl keiner. Aber wer weiß – vielleicht ist es ja nur das zweitgrößte ...«

Sie verabschieden sich, und Wolf folgt dem Ufer. Er muss die letzten Reserven aufbringen. Am Ameisenhügel schwenkt er in den Hain. Der Grund wird moosig.

Plötzlich versperrt eine Wölfin den Weg.

»Fremder«, knurrt sie. »Du wagst es, durch mein Revier zu streunen?«

Ein Blick – und er weiß, wer vor ihm steht.

Etwa so alt wie Welf.

Strotzend vor Kraft.

Glanzfell.

Reißzähne ohne Makel.

Ganz die Mutter.

Er kann die Augen nicht von ihr lassen.

»Guten Abend, Toni.«

»Du kennst mich?«

»Nun, ich weiß, wie du heißt.«

»Wie kommt's?«

Sie gleicht ihr aufs Haar.

»Dein Onkel Lupus und ich sind alte Bekannte.«

   Toni horcht auf.

»Du stammst von drüben?«

»Erraten. Ich muss heute ins Moor.«

»Dann hast du's fast geschafft. Sag mal: Haben die Tiere in eurem Rudel eigentlich Namen?«

   Er nickt.

»Schön für sie«, spöttelt Toni. »Du auch?«

»Selbstverständlich.«

»Wärst du so liebenswürdig, ihn mir zu nennen?«

»Wolf.«

   Über ihre Gesicht huscht ein Lächeln.

»*Der* Wolf?«

»Bei uns heißt nur einer so.«

   Aus dem Lächeln wächst ein Grinsen.

»Angenehm«, gurrt sie. »Schon viel von dir gehört ...«

»Sicher nur Gutes.«

»Wie man's nimmt.«

   Eine Pause entsteht.

»Dein Sohn leitet euer Rudel?«

»Ja, Welf. Er macht das exzellent. Wie Natja, seine Schwester. Sie wechseln sich ab.«

»Cool.«

Jetzt erst entdeckt er das Blut an ihrer Pfote.

»Verletzt?«

»Nur ein Kratzer. Verheilt rasch. Der blöde Spaniel hat nach mir geschnappt.«

»Spaniel? Witzig, so einen gibt's bei uns auch.«

»Das ist eurer! Der Arsch kommt zwei, drei mal die Woche rüber, kotet uns das Revier voll und jagt wie wild. Es macht ihm richtig Spaß, uns zu treiben. Ich glaub, der ist zu allem fähig – Hauptsache, er gefällt seinem Menschentier. Er unterwirft sich, so ganz ohne Würde.«

»Dem Jäger?«

»Bingo.«

Wolf stutzt.

»Wie kommen die beiden hierher? Etwa durch die Schlucht?«

»Es gibt einen zweiten Weg. Außen herum. Kennst du den Sauhund gut?«

»Er hat mich oft gehetzt. Bin ihm aber stets entkommen.«

»Mal mit ihm geredet?«

»So nah sind wir uns nie gewesen. Zum Glück. Im Grunde kann er einem ja leid tun.«

»Leid?«

»Er ist ein armes Vieh. Nur weiß er das nicht.«

Vom See ist Gebell zu hören. Wolf würde es unter Tausenden erkennen.

»Wenn man vom Teufel spricht.«

»Er ist am Ufer«, sagt Toni. »Schimpft mal wieder die Ameisen aus. Er lernt's nie. Vermutlich wird er gleich hier sein. Nix wie weg!«

Sie stürmt los, sackt aber nach wenigen Metern zusammen. Hinkt noch ein Stück, dann zwingt sie der Schmerz zum Anhalten. Jetzt blutet sie stark. Auf dem Moos bildet sich ein Fleck.

»Verdammt, ich bin zu lahm. Los, verschwinde!«

»Und du?«

»Ich bleib hier und halt ihn auf! Schön, dass wir uns kennengelernt haben. Leider nur kurz.«

»Kommt nicht in Frage!«

»Was ist?«, faucht sie. »Avanti!«

»Nein! Das machen wir anders.«

»Hau ab, Wolf! Du hast keine Zeit mehr!«

»Weiß ich. Darum ziehst *du* jetzt Leine. Mach's gut, kühne Kämpferin.«

»Aber du kannst doch ni ...«

»... und wie ich kann! Ich sterbe. Ob jetzt oder nachher, macht den Kohl auch nicht mehr fett. Du wirst in eurem Rudel benötigt. Mich braucht niemand mehr. Außerdem: Ich will den Dödel schon lange mal näher kennenlernen. Meine letzte Chance.«

Das Gebell kommt näher. Noch immer macht Toni keine Anstalten zu fliehen.

»Was jetzt?«, drängt Wolf. »Bist du lebensmüde?«

»Nein. Ich hätte dich nur so gerne ausgefragt.«

»Über was?«

»Über meine Mutter. Wie sie früher war und so.«

»Geh zu Lupus! Der weiß alles.«

»Der vertröstet mich immer nur mit Anspielungen. Nur wenn's um dich geht, plaudert er, was das Zeug hält. Wahrscheinlich weiß ich mehr über dich als über meine Mutter.«

»Er soll's Maul aufmachen. Befiehl ihm das! Er steht auf klare Ansagen. Jetzt fort mit dir!«

»Danke! Das werd ich dir nie vergessen! Versuch den Kackspaniel hinzuhalten. Er hört sich gern labern! Ich hol Verstärkung!«

Sie hinkt davon – endlich. Ein kurzes Zögern, dann startet auch Wolf. Spurtet so schnell er noch kann. Durch den Hain. Zurück in Richtung Ameisenhaufen. Dem Jagdhund entgegen.

Andere werden heute auch gestellt.

Auf halber Strecke zum See hechelt Spaniel um die Kurve.

Bremst

Purzelt.

Landet im Dreck – genau vor Wolf.

»Starke Nummer, Kumpel. Lernt man das in der Hundeschule?«

Spaniel schüttelt sich und glotzt.

»Was treibst du denn hier? Du lebst doch drüben.«

»Leben ist Veränderung«, sagt Wolf. »Ich mach einen Ausflug. Vertret mir ein wenig die Pfoten.«

»Wo ist Toni?«

»Welcher Toni?«

»Die Göre! Ich riech sie doch!«

»Mehr Respekt, mein Lieber! Du sprichst von einer Leitwölfin!«

»Sie war also hier!«

»Dumm gelaufen. Jetzt musst du halt mit mir vorlieb nehmen.«

»Ha, und wenn schon. Herrchen wird genau so zufrieden sein, wenn er dich erlegen darf.«

»Wer?«

»Herrchen!«

»Du meinst den Jäger?«

»Wen sonst? Vertraute dürfen ihn aber Herrchen nennen. Ich hab dich übrigens immer für kräftiger gehalten. Und für jünger. Du bist ja ein richtig alter Knacker.«

Da quasselt einer wirklich gern, denkt Wolf und sagt, um überhaupt etwas zu sagen:

»Wir werden alle älter.«

»Du nicht mehr. Herrchen macht einen Bettvorleger aus dir.«

»Wo ist der Jäger eigentlich?«

»Ruht sich aus. Unten am See.«

Also ist noch Zeit.

Wolf weiß genau, wie er den Köter in ein Gespräch
verwickeln kann.

»Alte oder neue Schule?«

»Ähm ...«

»Na, bist du traditionell abgerichtet oder modern?«

Spaniel schaut ihn dumpf an und fragt:

»Ist das wichtig?«

»Und wie! Ich nehm jetzt mal zu deinen Gunsten
an, dass du noch weißt, was Anstand ist. Und Ehre.
Also: Kannst du mir einen letzten Wunsch erfüllen?
Solange sich Herrchen erholt.«

»Ähm, das ist eher unüblich. Um was genau geht's
denn?«

»Du könntest mir was erklären.«

Spaniel fühlt sich geschmeichelt. Für Momente
erweckt er den Anschein, als würde er nachdenken.

»Gut, es soll dir gewährt sein. Arg viel Neues wirst
du in deinem Leben ohnehin nicht mehr erfahren.«

Wohl wahr, denkt Wolf. *So oder so.*

Dann sagt er:

»Im Grunde bist du doch auch einer von uns - oder?«

»Einer von euch ...?«

»Deine Urahnen waren doch auch Wölfe.«

»Sicher.«

»Warum bleibst du dann bei ... bei Herrchen?«

»Warum nicht?«

»Du könntest doch weglaufen. Jetzt zum Beispiel.«

»Wohin?«

»Wohin du willst.«

»Warum sollte ich? Ich bin gerne hier.«

»Du könntest in der Wildnis leben. Frei sein. Frei wie ein Wolf!«

»Wozu?«

»So eine dämliche Frage! Du könntest du dir einen Freund suchen. Mit ihm durchs Leben ziehn.«

»Herrchen ist mein Freund!«

»Einen echten mein ich.«

»Herrchen ist ein echter Freund!«

»Verstehe. Deshalb also kommandiert er dich ständig herum. Spaniel sitz! Spaniel such! Spaniel aus! Spaniel pfui! An manchen Tagen hört man's im ganzen Wald.«

»Muss bei euch im Rudel etwa niemand gehorchen?«, geifert Spaniel. »Oder willst du damit sagen, dass du keine Freunde hast? Was quatsch ich hier rum? Ich krieg jeden Tag mein Futter.«

»Nach dem Fressen ist vor dem Fressen«, stichelt Wolf. Der Jagdhund übergeht es.

»Bei Regen und Schnee darf ich in Herrchens Bau.«

»Haustier!«, poltert Wolf. »Feiges, bequemes Haustier! Aber wehrlose Hühner martern.«

»Woher ...?«

»Spaniel!«, ruft es da vom See. »Spaniel bei Fuß!« Wolf feixt.

»Dein Typ wird verlangt. Servus. Und danke für den Plausch.«

»Träum weiter! Du kommst mir nicht davon! Ich muss dich nur verbellen. Schon weiß Herrchen, dass er herkommen muss. Der wird vielleicht Augen machen.«

Spaniel fängt an zu kläffen. Lauter und lauter.

Auf einmal verdunkelt sich der Himmel.

Ein Gewitter?, fragt sich Wolf. *Da waren doch nirgends Wolken.*

Beide Rüden schauen nach oben. Über den Bäumen schwirren die Raben.

»Der Todling hat sich beeilt!«, grölen sie. »Der Todling hat sich beeilt!«

Spaniel tobt vor Wut.

»Haut ab! Ihr macht alles kaputt!«

»Muss ja sein. Muss ja sein. Wir tun's gern. Wir tun's gern.«

»Weg mit euch!«

Wolf blickt ihn von der Seite an.

»Kannst du die Schwarzflügler auch nicht leiden?«

»Keine Vertraulichkeiten!«, bäfft Spaniel. »Raffst du's echt nicht?«

»Nö. Was denn?«

»Herrchen kann sie sehen!«

»Na und?«

»Gleich wird er nach mir pfeifen.«

»Wieso denn das?«

»Sobald er die Blödschnäbel sichtet, meint er, ich hätte wieder nur einen Kadaver entdeckt. Ein verwestes Murmeltier oder eine Ratte, die an Altersschwäche verreckt ist. Er glaubt tatsächlich, dass Raben nur über Aas kreisen.«

»Es geht eben nichts über gute Freunde, die einen verstehen.«

»Ach, halt die Schnauze!«

Schon ertönt der Pfiff des Jägers.

»Nächstes Mal bist du dran«, schnaubt Spaniel und fegt davon.

»Kann's kaum erwarten«, ruft Wolf ihm nach. »Beste Grüße an Herrchen!«

Dann ist er mit den Vögeln allein. Er fühlt sich unwohl im Fell. Sehr unwohl.

»Ihr habt also nur geblufft«, schnauzt er. »Der alte Trick: Warten, bis die Beute erschöpft ist.«

»Quatsch! Quatsch!«

»Stinkendes Lügenpack!«

»Woll'n kein Wolfsfleisch«, johlen sie. »Woll'n kein Wolfsfleisch.«

»Ja ja. Ich weiß: Ihr wartet auf den armen Bardo.«

»Keine Eile. Keine Eile.«

»Heute Mittag klang das aber noch anders.«
»Winter wird satt. Winter wird satt. Aas bis zum Absturz! Aas bis zum Absturz!«
»Versteh ich nicht.«
»Halbe Beute aus zwei Rudeln. Halbe Beute aus zwei Rudeln.«
»Wie habt ihr das denn geschafft?«
»Welf ist edel. Toni ist edel.«
»Toni?«, fragt er – und kapiert schließlich, warum ihn die Raben ein zweites Mal aufgesucht haben.
»Sie hat das also ausgeheckt ...?«
»Wer sonst?«, dröhnt es von oben. »Wer sonst? Für sie tun wir's gern. Für sie tun wir's gern. Bye-Bye, böser Wolf!«

Es dämmert. Erneut kommt er an die Stelle, wo er Ylvis Tochter begegnet ist. Jeder Schritt ist so anstrengend wie drei in der Früh. Das Schnaufen kostet beinah soviel Kraft, wie es schenkt.

Die Sonne geht unter.

Wolf erreicht das Schilf.

Nun kann er das Moor bereits riechen.

Mit einer echten Rast wär's noch später geworden.

Mit der Schnauze drückt er die Schilfrohre zur Seite, eins ums andere, und bahnt sich den Weg. Hierher wagen sich nur Todgeweihte.

Sicher hat sich Vater ebenfalls hier durchgeschlagen.

Er schnappt nach Luft. Der nächste Gedanke fällt ihn an.

Es ist nicht notwendig weiterzuziehen.

Der Tod – Freund oder Feind – ist mächtig genug, sein Geäse überall zu holen. Auch hier.

Kommt nicht in Frage! hallt es in Wolfs Kopf. *So etwas tut man nicht.*

Alle, die nach ihm einträfen, würden auf seine Überreste stoßen.

Verfaultes.

Knochen.

Schädel.

Gebiss.

Nein!

Das kann er niemandem zumuten. Er ist ebenfalls froh, von einem derartigen Anblick verschont zu bleiben. Was, wenn ein anderer vor der Zeit aufgegeben hätte und hier verrottet wäre?

Ihm wird flau, wie den ganzen Tag nicht.

Er verharrt.

Die Nacht bleibt mondlos.

Keine Frösche.

Keine Zirpe.

Mit einem Bellen zerfetzt er die Stille. Mühelos wächst sie wieder zusammen, mal für Mal.

Auf geht's, alter Kämpfer! macht er sich Mut.

Er trabt vorwärts, begleitet von schmatzenden
Geräuschen. Das Moor ist wärmer als befürchtet.
Wolf schafft noch zwei, drei Schritte.
Sackt ab.
Stöhnt.
Hebt das Kinn.

Er hört auf zu sinken.
Er steckt fest.
Nun heißt es warten.

Immerhin ersticke ich nicht.

Die Augen fallen ihm zu.
Erschrocken reißt er sie auf.
Gibt ihrem Gewicht wieder nach.
So geht es einige Male.

Wolf spürt die Angst.
Sie durchkriecht ihn.
Wird stärker – Atemzug für Atemzug.

Er wartet, bis es höchste Zeit ist.

Dann denkt er an alle Wölfe auf der Welt, die jetzt
in einem Moor stecken.
An alle, die gerade in einen Abgrund gehetzt werden.

Die soeben ein Schuss trifft.
Die dem Hungertod erliegen.
Die erfrieren.
Die der Kummer zur Strecke bringt.

Wir sind viele.

In ihm wird es still.
Wärme strömt durch seinen Leib.
Wandelt sich in ein Zittern.
Breitet sich aus – bis in die Schwanzspitze.

Eine Windbö säuselt ihm ins Ohr.

Er versteht.
Er lächelt.

Der Atem lässt ihn los.

ZWEITER TEIL

Das Licht flutet von überall. Wolf fühlt sich erfrischt wie nach langem Schlaf. Er blinzelt, gewöhnt sich nach und nach an die Helligkeit, nimmt mit geübten Blicken die Gegend in Augenschein: Das Moor ist verschwunden. Weit und breit weder Tiere, noch Pflanzen. Er hockt auf einer Düne aus Körnchen, die meisten weiß, einige dunkel. Sie erstreckt sich in alle Richtungen.

Er scharrt mit der Pfote; ein Geräusch bleibt aus.

Jetzt fällt ihm auf, dass er keinen Schatten wirft.

»Bin ich im Himmel?«, fragt er laut.

»Nein, bist du nicht«, hört er von hinten.

Wolf schreckt auf, dreht sich um. Vor ihm windet sich eine Schlange und lächelt ihn an; eben ist sie noch nicht da gewesen.

Auf der Düne findet sich keine Spur.

»Wo kommst du denn auf einmal her?«

»Meine Wenigkeit ist geschickt worden.«

»Geschickt?«

»Dich zu begrüßen.«

»Wo sind wir hier?«

»Im Wolfsgrund.«

»Muss man davon gehört haben?«

»Wär kein Schaden.«

Er ist erstaunt. Den Schlangen aus seinem Wald steht die Hinterlist ins Gesicht geschrieben. Darum hat er sie gemieden und so wenig mit ihnen gesprochen wie mit den Raben. Diese jedoch wirkt warmherzig. Und sie lächelt auf eine Weise, die ihn sicher sein lässt, dass sie ihn gut kennt.

»Der Wolfsgrund«, sagt sie, »ist ein Gefilde des Großen Gartens.«

»Aha. Und warum ist es hier so verflucht hell?«

»Manche nennen den Großen Garten auch den Garten des Lichts.«

»Ach du liebes Bisschen.«

Erneut lässt er den Blick schweifen.

»Nach einem Garten sieht es hier nicht gerade aus.«

»So?«, wispert sie. »Was fehlt uns denn?«

»Na, was wohl? Obst! Früchte! Bäume, Sträucher, Gras, Kräuter. Alles eben, was die Grünzeugfresser lecker und fett werden lässt.«

»Nun, vielleicht erntest du in diesem Revier zumindest die ein oder andere Geistesfrucht.«

»Das wird ja immer schöner. Jetzt reden wir schon von einem *Revier*.«

»Sicher. Der Große Garten ist das Revier der Zwischenzeit. Es liegt in einem winzigen Augenblick: Zwischen dem, was ihr in eurem Wald das Leben, und dem, was ihr den Tod nennt.«

Wolf ist baff und setzt sich auf dem Hinterteil ab.
»Kannst du das beweisen?«

Sie bricht in ein herzhaftes Lachen aus.
»Nein, das muss Unsereins auch gar nicht.«

Ohne Vorwarnung schaut sie ihm in die Augen; er kann nur kurz standhalten. Dann bleckt er die Zähne.
»So so«, sagt er. »Und wo sind die anderen?«

»Welche anderen? Soweit Meine Wenigkeit weiß, bist du allein im Moor gewesen.«

»Ha!«, ruft Wolf, als habe er sie bei einer Lüge ertappt. »Ich glaub kaum, dass ich der Einzige bin, der heute gestorben ist.«

»Was heißt *ist*? Du bist noch mittendrin.«

Er grunzt und schüttelt den Kopf.
»Was ist mit den Wölfen aus den vielen anderen Wäldern? Der ein oder andere wird sicher in irgendein Moor gezogen oder erlegt worden sein.«

»Keine Sorge, hier geht keiner verloren. Meine Wenigkeit hat nur den Auftrag, Angehörige deines Rudels willkommen zu heißen.«

Wolf blickt spöttisch.
»Anderswo wird man bestimmt höflicher empfangen.«

Auf ihrer Stirn wächst eine Fragefalte.
»Findest du Unsereins unhöflich?«

»Allerdings.«

»Wieso?«

»Langsam wüsste ich gern, mit wem ich das Vergnügen habe.«

Sie erschrickt.

»Sollte Meine Wenigkeit etwa vergessen haben, sich vorzustellen?«

»Erfasst!«

»Herrje. Es ist schon wieder passiert, nun, Namen werden ja vielfach überschätzt ... Meine Wenigkeit ist eine Dienerin ... ein kleines Licht.«

»Sag endlich, wie du heißt!«

»In deinem Wald wird Unsereins seit jeher die Schlange der Ewigkeit genannt.«

Er starrt sie an.

»Die Schlange der Ewigkeit? Das bist du? Dann gibt es dich also doch ...?«

»Freilich«, zischelt sie und kichert.

Sie kriecht zu ihm und beißt ihn zart in die Vorderpfote. Ehe Wolf sich versieht, ist er wieder der Welpe, der er einst war. Er kauert in einem Dickicht im heimatlichen Wald und beobachtet, wie sich die Erwachsenen des Rudels einfinden, um einander zu erzählen. Heute ist einer der besonderen Abende, an denen der Nachwuchs zuhören darf.

Großmutter Hilde sagt:

»Die Schlange der Ewigkeit ist mindestens eine Million Jahre alt. Oder sogar älter als die Zeit.«

»Vielleicht«, brummt Opa Skoll, »vielleicht gibt es die Zeit ja gar nicht.«

Dann spricht er davon, wie die Schlange der Ewigkeit sich zu einem Kreis rollt und selbst in den Schwanz beißt. Wie sie die Wölfe nach dem letzten Atemzug empfängt und in die Ewigen Wälder geleitet.

Der kleine Wolf tauscht aufgeregte Blicke mit den anderen Welpen aus. Auf einmal entdeckt er seine Mutter. Ronja ist noch jung – und als er ihre Stimme hört, freut er sich wie lange nicht mehr.

»Alle, die weniger betagt sind als die Schlange der Ewigkeit, sollten demnächst schlafen gehen. Wer noch gesäugt wird: sofort.«

So plötzlich, wie er in den Wald geraten ist, steht Wolf wieder auf der Düne. Verwundert reibt er sich mit der Hinterpfote am Ohr.

»Was war denn das? Hab ich gerade geträumt?«

Ein spitzbübischer Blick trifft ihn.

»Amüsant, nicht wahr? Ein Tropfen dieses Serums – schon beginnt ein labendes Spiel mit dem, was im Land der Wölfe die Vergangenheit genannt wird.«

»Ich hab mich gefühlt wie als Welpe.«

»Sicher.«

Er grinst.

»Jetzt ist mir übrigens klar, warum ich dich nicht erkannt habe.«

»Weil du alles, was über Meine Wenigkeit erzählt wurde, für Unfug gehalten hast?«

»Nein, aber damals wurde mir weisgemacht, dass du eine Riesenschlange bist. Nicht so lächerlich kurz.«

»Größe ist keine Frage der Länge.«

»In den Schwanz beißt du dich auch nicht.«

»Nie, wenn ein Besucher da ist, der das Serum benötigt. Streng genommen sollte Unsereins es auch nur verabreichen, wenn es um das Salz geht. Doch ein bisschen Spaß schadet nie.«

»Welches Salz?«

»Das Ewige Salz. Manche sagen auch Salz des Lebens dazu.«

»Was ist damit?«

»Lernt ihr in euren Wäldern denn überhaupt nichts mehr?«

Er zieht den Nacken ein.

»Keine Ahnung, wovon du sprichst.«

»Von der Nachlese.«

»*Hä ...?*«

»Von den wesentlichen Erfahrungen, die jeder in seinem Leben sammelt.«

»Ah.«

»Oh je«, seufzt sie. »Bei dir muss man wirklich ganz von vorne anfangen. Was glaubst du eigentlich, wozu du hier bist? Eine wesentliche Erfahrung ist etwas, das du weder mit der Pfote, noch mit dem Gaumen

machst. Weder mit dem Fell, noch mit der Schnauze.
Weder mit den Augen noch mit den Ohren.«
»Sondern ...?«
»Mit deinem Wesen!«
  Er hüstelt.
»Und weiter?«
»Jede dieser Erfahrungen wird im Großen Garten
verwahrt. Als ein Teilchen des Ewigen Salzes.«
»Wo finden wir das gleich noch mal?«
»Du stehst darauf.«
  Er sieht nach unten.
»Das ...?«
  Sie lächelt.
»Genau: das.«
  Er scharrt; einige Körnchen bleiben an seinen
Ballen hängen. Wolf schleckt daran, sie kleben an
seiner Zunge, rieseln wieder hinab zu den anderen.
»Schmeckt ziemlich fad ... irgendwie nach ... nichts.«
  Die Schlange verzieht keine Miene.
»Jedes Salzkorn«, sagt sie, »ist ein Kleinod, das es
in sich hat.«
»Ah, und jetzt soll mein Häufchen also dazu
kommen?«
  Sie rollt die Augen.
»Du bist nicht der Erste, der sich überschätzt. Zwei
wesentliche Erfahrungen während eines Lebens
sind schon viel, drei eher selten. Wie auch immer:

Im Großen Garten kann man sich ihrer gewahr werden. So wandeln sie sich zu einem Korn des Ewigen Salzes. Ich benötige nur deine Erlaubnis, dich zu beißen.«

Wolf fährt sich über die Lippen.

»Kann ich mir wenigstens aussuchen, was ich noch mal erlebe?«

»Nein, das liegt jenseits deiner Entscheidung. Und das ist gut so.«

»Ach?! Und warum?«

»Ganz einfach: Hätten die Besucher im Wolfsgrund die Wahl, würden sie sich vor allem das herauspicken, was ihnen in den Wäldern wichtig gewesen ist.«

»Was denn sonst?«

Sie lächelt nachsichtig.

»Die meisten halten die schönsten Episoden ihres Lebens für essenziell. Das leckerste Fressen. Die prickelndste Nacht. Das aufregendste Abenteuer – oder so Zeug. Nicht zwangsläufig das, was eine Seele wachsen lässt. Sprich: Nicht das, wofür es die Nachlese gibt.«

»Schon verstanden! Es muss steinig und dornig sein, damit es als wirklich wertvoll durchgeht.«

»Nicht unbedingt. Doch es fühlt sich in der Tat selten angenehm an, was der Reife dient.«

»Sag doch gleich, dass du mir die Gruselmomente meines Lebens noch einmal servieren willst.«

»Was Meine Wenigkeit möchte, ist belanglos. Aber keine Angst: Was immer du gleich zu spüren bekommst: Dein Gemüt wird keinen Schaden nehmen. Unsereins wird alles mit dir gemeinsam durchleben.«
Seine Ohren stellen sich auf wie Blütenkelche.
»Das heißt …?«
»Es ist wie im Land der Wölfe: Schweres wird leichter, wenn man es teilt. Erbauliches gewinnt dazu.«
Wolf stockt.
»Muss ich dabei wirklich tatenlos rumstehen?«
»Ja, das fällt euch allen schwer … Das Einzige, was du tun kannst, wenn das Serum in dich dringt, ist die Augen zu schließen. Erinnern findet, wie das Wort bereits sagt, innen statt. Sonst hieße es ja eräußern.«

Er spürt ihre Zähne in der Pfote.
Löst den Blick.
Senkt die Lider.
In seiner Seele leuchten drei Erfahrungen auf.
Eine aus der Kindheit.
Eine aus den Tagen, in denen er das Rudel führte.
Eine aus der Greisenzeit.
Über sie staunt er am meisten.

Jetzt kommt er zu sich. Begreift allmählich, wo er ist.
»War ja gar nicht so schlimm.«
»Wie Meine Wenigkeit vorhergesagt hat.«

Wolf schaut auf das Salz.

»Welche Körnchen sind nun von mir?«

»Die da drüben«, sagt sie. »Oder doch die auf der anderen Seite?«

»Mein Spürsinn findet das leicht heraus.«

»Da ist Unsereins aber gespannt.«

So plänkeln sie.

Plötzlich wird er ernst.

»Danke«, sagt er. »Aus ganzem Herzen: Danke!«

Die Schlange schüttelt den Kopf.

»Das ist ein Missverständnis. Der Dank gebührt nicht Meiner Wenigkeit.«

»Wem dann?«

Sie blinzelt ihm zu.

»Du bist schlau genug, allein darauf zu kommen.«

Er denkt nach.

»Tut mir leid.«

»Dem Mächtigen Tier!«

Wolfs Ausdruck ändert sich schlagartig.

»Wer soll das sein?«

»Das Mächtige Tier«, antwortet sie feierlich, »hat unendlich viele Namen, doch alle meinen das Eine. In eurem Rudel ehrt man es, sofern man darf, als die Große Wölfin. Wenn es stimmt, was im Wolfsgrund gemunkelt wird, hast du dich nur mäßig für sie begeistert.«

»Na und?«, blafft er. »Werd ich jetzt dafür bestraft?«

Die Schlange kichert.

»Das Mächtige Tier straft und belohnt nicht ...«

Er beißt ihr das Wort ab.

»... ach nein? Was tut es dann? Mit all seiner Macht?«

»Es freut sich des Lebens! Wie es gebiert und wie es frisst. Und sorgt dafür, dass jedem begegnet, was er zum Wachsen benötigt.«

»Wer's glaubt, wird selig.«

»Ja, das auch. In deiner Welpenzeit ist dir die Große Wölfin durchaus am Herzen gelegen, oder?«

»Woher willst ausgerechnet du das wissen?«

»Unsereins wird gut unterrichtet. Was hälst du davon, noch ein wenig zu spielen ...?«

Ein Biss und Wolf wird erneut zu dem Matz, der er einst war: Er tobt zwischen Bäumen, neben ihm die Füchsin und das Lämmchen.

Plötzlich, durch irgendetwas aufgebracht, flitzt er zu Wulf.

»Papa! Papa! Gut, dass du da bist!«

»Was ist denn passiert?«

Dem Kleinen platzt vor Wut fast der Kopf.

»Die anderen lügen immer so!«

»Wer?«

»Dieses dämliche Lamm! Es behauptet, dass es einen Großen Bock gibt und alle Schafe nach seinem Ebenbild geschaffen hat.«

»Aha«, sagt Wulf, weit davon entfernt, die Empörung seines Sohnes zu begreifen. »Schafe sind ohnehin nicht zum Spielen da! Halte dich lieber an deine rotpelzige Spielkameradin.«

»Die glaubt, dass der Schöpfer des Lebens ein Großer Fuchs ist.«

»Lass sie halt reden. Es gibt Schlimmeres im Wald.«

»Schlimmeres? Oma Hilde hat mir beigebracht, dass die Große Wölfin das mächtigste von allen Tieren ist. Deshalb sind wir es, die über die anderen herrschen. Über alle! Erst recht über Schafe und Füchse!«

Dann, offenbar an einem weiteren Tag, führt er die Schar der Welpen zur Lichtung. Dort will er mit der Großen Wölfin sprechen. So, wie er es von der alten Hilde gelernt hat.

»Wie kann man denn mit der Großen Wölfin reden?«, fragt einer der Winzlinge – es ist Bardo.

»Wie mit allen Tieren«, lehrt Wolf seinen Freund. »Sie versteht nämlich alles, was wir sagen. Und was wir denken. Sie hat das Sprechen und das Denken ja erfunden!«

»Sieht sie denn auch, was ich träume?«, fragt die süße Ylvi.

»Was glaubst du wohl, wer die Träume für dich ausdenkt?«

Das Serum lässt nach.

»Nun?«, fragt die Schlange.

Wolf weicht ihrem Blick aus.

»Das ist lang her«, wiegelt er ab. »Ich war noch klein.«

»Kinder verstehen von wichtigen Dingen am meisten.«

»Was du nicht sagst.«

»Ja. Das bewundert Meine Wenigkeit jedes Mal, wenn sie im Auftrag des Mächtigen Tiers einen Welpen empfängt.«

Er ist wie vom Donner gerührt.

»Das Mächtige Tier schickt dich?«

»Wer sonst?«

»Du ... du kennst es?«

»Jeder kennt es. Nur vergessen das viele. Manche immer wieder.«

»Und?«

»Was und?«

»Was für ein Tier ist es?«

Sie rümpft die Stirn.

»Herrje! Wieder einer von der Sorte. Wie einfältig.«

»Einfältig?«

»Jedenfalls wenn Erwachsene danach fragen. Leider tun das nahezu alle, die Unsereins trifft.«

»Es ist eben eine wichtige Frage.«

»Ist es nicht! Sie ist unbeantwortbar! Demnach ist es kaum sinnvoll, ihr Gewicht beizumessen.«

Wolf glotzt verdattert aus dem Fell.

»Unbeantwortbar?«

»Ja. Das Mächtige Tier hat es so eingerichtet. Es will nämlich nicht, dass man weiß, wie es aussieht. Falls es überhaupt aussieht.«

»Schafsköttel! Getretene, getrocknete Schafsköttel!«

Sie übergeht seine Unflätigkeiten.

»Es ist völlig unwichtig, ob das Mächtige Tier einen Rüssel, Hörner, ein Geweih, einen Schwanz, Flossen, Reißzähne, Höcker, einen weißen, schwarzen oder womöglich gar keinen Bart hat. Ebenso, ob es männlich, weiblich oder beides ist. Den meisten, die vorgeben, sich für derlei zu interessieren, geht es ohnehin um was anderes.«

»Und um was?«

»Darum, ob es ein – wie auch immer geartetes – Mächtiges Tier überhaupt gibt. Wenn sie es nur sehen würden, ja dann könnten sie ihres Glaubens sicher sein. Eben dies möchte es verhindern.«

Wolfs Augen blitzen vor Ärger.

»Riesenschafsköttel!«, poltert er, »Wieso sollte es das wollen?«

»Das weiß wohl niemand außer dem Mächtigen Tier selbst. Vielleicht, damit man ihm nicht so leicht die Verantwortung für all das unterschieben kann, wofür es nicht verantwortlich ist.«

»Oder weil wir von einem Hirngespinst reden.«

»Nun, das kann mit letzter Sicherheit niemand sagen. Unsereins sowenig wie alle anderen.«

»Ha!«, triumphiert er. »Gerade hast du noch geprahlt, dass du von ihm beauftragt worden bist.«

»Davon geht Meine Wenigkeit aus.«

»Ach, du gehst davon aus ...?«

Sie züngelt.

»Auch wer im Großen Garten dient, ist mit der Gabe des Zweifels bedacht worden.«

»Mit was? Seit wann ist der Zweifel eine Gabe?«

»Seit jeher. Gepaart mit Ehrlichkeit schützt er gegen Hochmut. Mit deinem Vater hat Unsereins angeregt darüber debattiert. Er hatte, wie du weißt, keine hohe Meinung vom Zweifel ...«

»... mein Vater?«, ruft Wolf dazwischen, »du kennst meinen Vater?«

Sie nickt.

»Sicher. Wulf ist hier gewesen. Auch die anderen aus eurem Rudel: Deine Mutter Ronja. Deine Oma Hilde. Dein Opa Skoll. Und all deine übrigen Vorfahren.«

»Sie alle?«

»Freilich.«

»Warum hast du das nicht gleich gesagt?«

Die Schlange der Ewigkeit schmunzelt.

»Es hat im Wolfsgrund schon Besucher gegeben, die von allein darauf gekommen sind. Unsereins hat sogar das Privileg gehabt, deine ältesten Ahnen zu empfangen: den Urwolf und die Urwölfin. Sie hatten wolligeres Fell und größere Zähne als du, aber beinah denselben Gesichtsausdruck ...«

Mitten im Satz bricht sie ab.

»... oh je, da hätte Meine Wenigkeit doch beinah wieder etwas vergessen ...«

»Was?«

»Die Legende.«

»Welche Legende?«

»Die Unsereins dir erzählen soll. Komm!«

Ohne ein weiteres Wort zu verlieren, schlängelt sie davon. Wolf wartet kurz, bevor er hinterher stapft. Sie hinterlassen keine Spuren und werfen keinen Schatten.

Er dreht sich noch ein paar Mal um, bis die Stelle, an der sie aufgebrochen sind, nicht mehr zu sehen ist. Dann blickt er hinüber zur Schlange und spitzt die Ohren ...

DRITTER TEIL

Am Anfang war Licht allein. Es leuchtete eine halbe Ewigkeit vor sich hin, bis ihm das zu still wurde. Es fand, dass die Zeit für Nachwuchs gekommen war, und darum gebar es die Ewigen Funken. Wie alle Eltern wollte es seine Kinder beschützen, und so schuf es vergnügliche Hüllen: Wachlichter und Schlaflichter. In ihr Innerstes tiefte es je einen Ewigen Funken ein.

Schlaflichter gibt es seither in nahezu jeder Größe: riesige und putzig kleine. Sie sind fest, flüssig oder aus Gas – mal so, mal so. Einige stehen, andere liegen. Es gibt welche, die können schwimmen; ein paar von ihnen ist es sogar erlaubt zu schweben. Jedes Schlaflicht hat einen lustigen Namen: Staubkrümel, Sandkorn, Wassertropfen, Perle, Flamme, Wolke, Fels, Sonne, Mond, Stern. Und alle bewahren einen Ewigen Funken.

Ihre Geschwister, die Wachlichter, kommen ebenfalls beinahe in jeder Größe vor. Einige stehen in der Zeit ihres Daseins fest an einer Stelle. Andere können gehen, manche fliegen oder schwimmen. Ganz wenige können alles.

Die Namen der Wachlichter sind ebenfalls drollig: Reh, Grashalm, Wurm, Vogel, Wolf, Fliege, Mensch, Schwein, Schaf, Eichhörnchen, Ziege, Pferd, Blume, Elch, Ameise, Teichrose, Apfel, Rotkehlchen, Bär, Fuchs, Schildkröte, Baum, Fisch.

Wachlichter futtern einander auf, und sie können Nachwuchs bekommen – jeder Abkömmling wird zur Hülle eines eigenen Ewigen Funkens. Da Schlaflichter sich weder vermehren noch fressen, ist der Gedanke aufgekommen, dass sie für Licht weniger wertvoll sind, was aber großer Quatsch ist.

Die beiden Geschwister sind einander ähnlicher, als manche von ihnen glauben: Wenn ein Wachlicht lange genug wach gewesen ist, kommt es in einen Garten. Dort bleibt es nur einen winzigen Augenblick, der ihm aber länger vorkommt. Danach schläft es ein und verwandelt sich in ein Schlaflicht, das irgendwo in dem unendlichen Reich von Licht wieder auftaucht.

Im selben winzigen Moment verschwindet irgendwo auf der Welt ein Schlaflicht, das lange genug geschlafen hat, und wird – noch ehe der Augenblick endet – wiederum woanders als Wachlicht geboren.

Ein Ewiger Funke wird nie ein zweites Mal von
der gleichen Hülle umgeben.

Jeder Baum ist einmal nur Baum.
Jeder Stein einmal nur Stein.
Jede Wolke ist einmal nur Wolke.
Jeder Fisch einmal nur Fisch.
Jede Rabe einmal nur Rabe.
Jeder Wolf einmal nur Wolf.

Wachlichter, die frisch geboren sind, haben vergessen, was vorher gewesen ist. Darum fürchten sie,
für immer zu erlöschen, wenn sie am Ende ihrer
Leuchtzeit das vermeintlich letzte Mal einschlafen.
Auch Schlaflichter wissen nichts davon, dass sie
schon oft wach gewesen sind.

*

»Das ... das ist nur eine Legende, oder ...?«
»Legenden können genau so wahr sein wie alles
andere.«

*

»Meinst du, man kann sich wünschen, in was man verwandelt wird?«

»Sicher schadet es nicht. Allerdings ...«

»Ja?«

»Ganz gleich, ob dein Anliegen erfüllt wird: Du wirst dich nicht daran erinnern können.«

»Schade.«

»Möglicherweise ist es ein Segen.«

*

»Ich ... ich hab eine Bitte an dich.«

»Nur zu.«

»Kannst du diese Legende auch dem kleinen Wilfi erzählen? Ich meine, wenn er einmal hier ist. Und natürlich meinen Kindern. Welf, Natja und den anderen.«

»Gewiss! Das wird Meine Wenigkeit so gerne tun, wie sie dem Wunsch deiner Eltern entsprochen hat.«

»Meiner Eltern?«

»Freilich. Wulf und Ronja haben Unsereins – ein jeder zur seiner Zeit – darum gebeten, dir von den Lichtern zu erzählen. Sie haben selbst davon zu hören bekommen, weil deine Großeltern darum gebeten haben. Ihnen wiederum wurde die Geschichte auf Wunsch deiner Urgroßeltern vorgetragen ...«

112

*

»Wenn du bereit bist, wird Meine Wenigkeit dich
ein letztes Mal beißen ... ein wenig kräftiger ...«
»Es wird also ernst.«
»Das ist es von Anfang an gewesen.«

*

»Leb wohl.«
»Schlaf gut, Wolf ...«

Oliver Bantle arbeitete nach dem Studium als Reporter beim *Südwestfunk*, als Ressortleiter Landespolitik der *Dresdner Neuesten Nachrichten* und als Redakteur der *Süddeutschen Zeitung*. Er konzipierte deren Online-Ausgabe, baute die Politikredaktion auf und leitete sie.
Inzwischen lebt er als Autor in Freiburg im Breisgau.

www.oliverbantle.de

Oliver Bantle

Yofi oder Die Kunst des Verzeihens

»Der Kleine Prinz ist als Nashorn
wiedergeboren worden.«   buchperlen.de

Yofi ist ein mürrischer Nashornbulle. Er verdirbt
sich die Freude am Leben, indem er immer zornig
ist. Am meisten auf ein Rhinozeros, mit dem er
früher befreundet war. Eines Tages erscheint Yofis
Großvater. Er belebt in seinem Enkel einen fast
vergessenen Lebenstraum: eine Wanderung ans
Meer. Während die beiden Kolosse gemeinsam
durch Afrika ziehen, erzählt der Großvater seinem
Enkel alles, was er über das Leben weiß ...

»Ein literarischer Wegweiser. Lockerleicht erzählt
- mit philosophischem Tiefgang.«
                              Südwestrundfunk

Yofi oder Die Kunst des Verzeihens wurde über
15.000 Mal verkauft und erscheint in fünf Sprachen.
Auch als Ebook und Hörbuch erhältlich.

Tigerbaum Verlag

Lola Renn

Drei Songs später

Jugendroman

Warum ist eigentlich seit Jahren die Heizung in Zetas Zimmer kaputt? Warum will ihr Vater bestimmen, wen sie zu ihrem sechzehnten Geburtstag einlädt? Und wieso bekommt sie so oft Nasenbluten, jede Woche stärker? Mit ihren Eltern kann sie jedenfalls nicht darüber reden, weil die dauernd betrunken sind und bei jedem Gespräch ausrasten. Als ihr Vater versucht, sie zu der absurdesten Aktion des Jahrhunderts zu zwingen, will Zeta abhauen. Sie weiß nur nicht wohin. Ohne Sarah und Micha wäre sie ganz schön allein.

»Sensibel eingefühlt in die Lebenswirklichkeit junger Frauen.« Stuttgarter Nachrichten

»Toll geschrieben, liest sich in einem Rutsch weg; Anschaffungsempfehlung für alle!«
Einkaufszentrale für Bibliotheken (ekz-Informationsdienst)

Tigerbaum ebook
(arsEdition – bloomoon)